环湖散记

康景赫 /著

团结出版社
UNITY PRESS

图书在版编目（CIP）数据

环湖散记 / 康景赫著. -- 北京 : 团结出版社,
2020.6
ISBN 978-7-5126-7986-3

Ⅰ. ①环… Ⅱ. ①康… Ⅲ. ①散文集—中国—当代
Ⅳ. ①I267

中国版本图书馆CIP数据核字(2020)第101646号

出　版：团结出版社
（北京市东城区东皇城根南街84号　邮编：100006）
电　话：（010）65228880　65244790
网　址：http://www.tjpress.com
E-mail：zb65244790@vip.163.com
经　销：全国新华书店
印　刷：河北盛世彩捷印刷有限公司
装　订：河北盛世彩捷印刷有限公司

开　本：145mm × 210mm　32开
印　张：7.25
字　数：140千字
版　次：2020年6月　第1版
印　次：2020年6月　第1次印刷

书　号：978-7-5126-7986-3
定　价：52.00元

自　序

如大多数中国人一样，我的童年也和这世上的一切宗教始终保持着若即若离、远近适宜的一个距离。那是跟在大人们身后模仿着去习惯的一种无缘不扰庙、临时抱佛脚式的实用主义。随着年龄和阅历的增长，这段距离里才渐渐地也掺和进来一些对经律典藏的疑惑不解和对古德圣贤们的仰望。还多了一些对天地神祇的敬畏之心。

环湖旅行，对于常年生活在朝圣路上的藏民来说，是一场天赐的、不容错过的殊胜修行。而我的“环湖之旅”，初始心只是一次为自己已经固化了的生命所设计的一次短暂的放逐。甚至算是一段集逃避、好奇、尝试、探秘等心理目的为一体的，表面上看起来很宗教，骨子里却找不出多少宗教内涵的旅行。但虔诚应该是毋庸置疑的，也唯有怀揣了无比虔诚的内心，才可以带领着自己走进那片圣洁的土地。

藏民徒步转一次纳木错湖通常用时八天。我走了九天，我的第一天和最后一天是两个半天。于是，本书就由十篇流水账式的文字汇聚而成。从对自己起心动念的伺察与剖析开始，一直摸索着进入扎西半岛等待的时光里，之后则是接下来围绕和陪伴在“纳木错”身边的每一天的点滴记录。

藏地高原上的极限环境，足以将每一个脚印都风化成为单纯而空灵的思想。踏出去的每一步都会在雪山戈壁、草甸荒漠、宗教信仰和僧侣人文之间相交而感应着。在这九天的苦难与颠簸里，不经意间就贯通了与过往时光里一切生灵的对话，乃至于面对着天地万物时萌发出的所思所想。当然，在隐隐约约的感悟里，也不缺乏来自圣域的古圣先贤们传承至今的释疑解惑。然而，在转湖结束的那一瞬间，真正令人欣慰的是：这样一次苦修式的旅行，似乎也在自己的中年人生里又开辟出一个全新的、圆融的起点。

康景赫

2017年8月

目录

CONTENTS

环湖散记

一、日月茶馆

（一）

自从人生最初的世界观和我的思考能力发生有效的摩擦以来，就觉得自己还一直保持着曾经在另一个世界里飘游的状态，好似无有拘束地游弋于茫茫的虚空；一次接一次地自由投生，之后，再挣扎着投身于自由。

铜浇铁铸的现实好像是覆盖在灵魂之上的一垄垄封土，活生生地禁锢着人与生俱来的舒展与自由；生命也就随之丧失了曾依附着的精神家园，迷茫在一片片贪婪的丛林之中，机械地对抗着层层僵冷的制约。在这个对抗的过程里，孤寂以及失落必定是如影相随的，总会有些个别异类的身影，茕茕独立于游戏规则的边缘。看似和睦的圈子里，率真和耿直的结果往往只能带来进退失据的尴尬，圆滑周全的逢迎才是保身发达的生存之道。说不清从什么时候起，我开始对自己产生了诸多存疑：那用来与世间对视的目光里，是否还能闪溢出清明的光泽来。当然，这完全与视觉系统的健康与否无关；似乎是已经提前踏入稀里糊涂的、依靠着晒太阳或数日子过活的无奈里。

拥有大智慧的人善于把世界交回给“内心”，那是一种芥子纳须弥般的超然，面对世间一部部鲜活的剧本，静观会意无不自在；而命患钝根的众生就只能隔纱观世，在纷杂缭乱的困惑中恍惚度日。或许，这就是在很多时候，盲人为何总能冷静地表现出异于常人的感悟力的原因，原因可能就是瞽者习惯了把世界沉浸在心底，于静静的聆听之下，观它以自观；默默地在分条析理中摸索着去识别这个世界。

虔诚是一腔特别的情怀。换而言之，一个有特别情怀的人，他的内心世界也必定蕴藏着一股子高贵的虔诚。——与单纯的信仰无关，那是人与世间万物在对视的过程中油然而发的一捧真切的坦率和感动。

我见到过很多朝圣途中的虔诚身影。那些仆仆埃尘里的五体投地，伴随着背山面水时低吟持诵的经文密咒；还有经历过重重大磨砺之后消减了累劫业障的种种悲欣交集……然而，这些足以感天动地的修行善业，却都不曾触动过那条可令我直贯清凉的玄脉。迷失在一个最需要清醒的时代，实在是我人生里的大悲哀。

好在上天慈悯，从不剥夺人在苦难的泥淖里挣扎的权利，它永不休歇地拨动着冥冥中忽隐忽显的那些丝丝缕缕，不时发出草原上的弦子般低沉悠长的颤音；我想，那“嗡……嗡……”的声音，或许就是来自天际的开示，带着漫天的花雨沐洒在我枯涸了经世的心田上。于是，朝着远方求索的生机顿然萌发，如七彩祥云般辉映在佛域的上空。人未动，恭敬的行囊已经在路上。

（二）

走走停停，记不清在这辆浑身发抖的旅行车上颠簸了多少个小时。这是我第二次来到纳木错。下车后，在晕头转向中还没来得及定一定神儿，扎西半岛就起风了。就好像一个提前彩排好的欢迎仪式，裹挟着高原上的狂野扑面而至。乌云像一张巨大的“牦牛毡”乘风漫卷，铺天盖地地压过来，目所能及处只有隐约在飞沙走石里的影影绰绰，它们是岛上的客栈、饭馆、商铺和弯腰拱背的人们。之前印象中的各个路口或简易建筑的位置，已被沙尘搅和得不辨踪迹；阴沉的天穹下，狂风让原本就无所着落的人更多了一些仓皇与凌乱。

从拉萨出发时，小友思寒倒是给留了一个湖边客栈的联系方式。打通电话后才发现，我那不甚发达的语言表达系统遭遇了一段深沉而沧桑的藏味汉语，在夹杂着刷过面颊的风沙声里，简单的事情被搅和成一锅乱炖。我们的通话最终在互相都听不太明白的重低音中草草结束了。其实湖边有很多客栈，要安顿下来并非难事。之所以要找到这家客栈，是因为从拉萨出发时，思寒特意关照过：他们家可以帮忙找到能带我去徒步转湖的向导。

而且，在我临行之前，心里也曾产生过一些臆想：在此次环湖之旅的途中，是否能遇到一位传说中可直指人心、渡人于苦海的“化身菩萨”。但这样的臆想只可理解为对“传说”的另一种傻乎乎的“当真”。

幸亏这里的商旅店还算集中，给思寒打了电话，按照她提供的客栈名字和大体方位，没怎么费劲就寻到他们的门前。沉重的宿营装备将早已灰头土脸的人压迫得如羸牛般粗喘连连，一头扎进虚掩的房门，连卸下背包的过程都省了，直接和所有的行囊一起横卧在炉子旁边的一张长条的木茶椅上，先喘口气吧！

房间里有两个藏族女孩，年龄小一点的大概十六七岁的样子，正忙着听电话。她扭头瞥了一眼突然闯进来的这个陌生的汉人，脸上闪过一个意外的惊讶后，随之在她的唇边即流露出一角轻微的谑笑来。她可能在想：高原上司空见惯的一点风沙，怎么就把一个男人整到这般的窘迫不堪。另一个女孩看着稍显沉稳一些，正提着一把超大号的铝壶往地上的一排暖瓶里灌开水。看得出她是一个惯于劳作的女孩，偌大一壶开水提在她的手里没觉得多吃力，不紧不慢，稳稳当当地把开水灌入几只暖瓶里，没有一滴洒出瓶口。

“你是喝茶还是住宿？”放下电话的女孩用生涩的、同样掺和着浓厚藏味的汉语问我，她紧接着又说：

“这边喝茶可以，住宿的话今天已经没有房间了。”

还没等我开口，她又问道："喝甜茶还是酥油茶？"

"来一小壶甜茶吧。"这次趁着她话音刚落地，下一句还没有来得及跟进时的空隙里，我抢着回答了一句。

女孩一连串的问话只给我留了回答最后一个问题的余地，我已经想不起自己到这家旅馆来的最初目的了。还有自己语气中所流露出的松散与疲惫，也让我顾不得再去梳理之前计划里的那些个琐碎。干脆先喝口热茶缓一缓吧。

趁着她去准备甜茶的空当，先环顾了一眼自己身处的房屋环境。

这里应该就是一家牧民的茶馆，里面摆满了藏式的木制茶椅和茶桌。对于这种纯粹的老藏民们自己经营的普通家庭式茶馆来说，这里算是比较温馨整洁的了。现在唯一不协调的就是我这个突然闯入的不速之客，以及依然挂在自己身上的各种腰包、挂扣和背包。表面上看起来是因劳累而懒得卸下满身的行李，但或多或少也隐含着一些对这种旅游区的小客栈不信任的提防心理。以这样的形象横卧在其中一组茶椅上，沾了点逃难式的狼狈。曾经接触过的文明里所熏陶出来的那点点体面，从刚才下车之后就早已被风沙卷进了纳木错湖里。当我自己都感觉到这样的行为有多么不妥之后，才赶紧起身卸下满是尘土的行李，规规矩矩地堆在茶桌旁边的空地上。心头还在提醒着自己：初来乍到，要尽量避免因为这些细节问题而引发藏族朋友的不满。

女孩提过来一小壶甜茶和一只硬塑料的小口杯，顺手帮我倒了大半杯热气升腾的甜茶。塑料口杯的外沿有些叫人不忍目睹，通过每天来来往往的“嘴唇”们留下的唇印，可以看得出杯身曾经是淡粉色的。不过，现在却腻满着一层薄厚不均的灰色油污，和几个纹路不明的指纹印记。我双手端着茶杯转了一圈，选择了在没有唇印的地方下口，我觉得灰色油污毕竟也算是没被污染过的原生态吧。但是，此刻这些细枝末节已经丝毫不能影响杯中热乎乎的甜茶所带给我的温暖的抚慰了。

女孩靠着对面的柜子，看着我小心地喝了几口之后才微笑着问我：

“你就是刚才给阿爸打电话的那个人吧？”

我这才明白过来，先前接我电话的那个苍老的男低音正是这个女孩的父亲，茶馆的主人。

“是的，就是我，你的阿爸不在这里吗？”

“他在牧场里，刚才打电话说你要来住宿，让我出去接你的。不过现在客房全都满了，阿爸不知道今天晚上要从当雄过来一车转湖的人，房间在中午的时候就全部订给他们了。”女孩语速极快且认真地回答道。

口干咽燥的不适已经让我无暇去费劲理解她要表达的意思，应付式地对她“嗯”了两声之后，就自顾自继续迫切地小口快饮起来。

女孩转身从柜子里拿出一只沾满了油渍的竹篮子，放在我的面前，她说话的语气里散发出一股吞吞吐吐的拘束：

“你吃……吃这个……”表情里透出一副生怕被人嫌弃的担心，不仅让言语中少了些许底气，同时也多了点儿不自信——呈现在她稚气未脱的脸上。她一定是注意到了我先前转动茶杯，挑选没有唇印的地方下口喝茶的那一系列举动。

篮子里面装着油炸过的面饼和煮熟的带肉骨头。对于自己刚才轻慢的态度，我不好意思地朝她笑了一笑，并且从笑容里对她挤出一些不自然的歉意来。没敢挑战不知道存放了多久的、近乎发黑的大骨头，我小心地在篮子边上拣出一块看起来没有沾到肉的油饼，轻轻地咬了一口，很甜，很酥，像极了小时候在家里母亲经常做的那种味道。

面容清瘦的女孩一脸纯真地立在旁边，漆黑的眸子从一汪水灵灵的眼窝窝里忽闪出询问的眼神：好吃吗?

我故意又吧唧吧唧嘴，很夸张地嚼了几口，让所有的滋味都从嘴角间流淌出来，蔓延在自己脸上，然后一脸满足地冲她说：

“真甜，好吃!”

女孩开心地笑出声来，脸上的不自信已经完全消除了。

“你叫什么名字，有上过学吗?”我轻声问她。

“嗯……我叫索朗拉姆，在拉萨读高二。”停顿了一下接着又说：

“现在放暑假，回来家里帮妈妈干活。”她认真回答完我的问题，又做了一个补充说明，以打消我的疑虑。

“哦，索朗拉姆——好美的名字，还是高中生啊，怪不得你的汉语讲得这么好。”我无意识地奉承了她几句，害羞让女孩原本就高原红的脸蛋儿更加清纯动人了。

我帮她避开了难为情的气氛，换个话题接着问道：“对了，最近转湖的人多吗？藏民多还是游客多？有没有徒步转湖的人？”

好像是受了她的影响，我也连珠式地将多个问题揉在一口气里一次性全部问了出来。

索朗拉姆眨着眼睛对我说：“你是来环湖旅行的吗？现在坐汽车转湖的人很多，还有骑摩托车的。”

“有徒步转湖的人吗？”我又重复问道。

“徒步转湖的汉人暂时还没听到过，你是要徒步转湖吗？”她有些略微惊讶地瞪大了眼睛看着我。

一提到转湖，我就好像恢复了先前的记忆，把才歇缓过来的情绪又催促得有些急躁。刚刚和索朗拉姆轻松地沟通，已经被我重新找回来的焦虑翻转到另一段急促的节奏里，着急地向她打听道：“你可以帮我找一个能带我去转湖的向导吗？”随即我又补充回答她：

“是的，我就是专门为徒步转湖而来的。”

“你等一下，我去叫哥哥回来，你和他说，他比较熟悉这些事情。”一边和我说着话，一边不解地又多看了我几眼，然后快步走到电话跟前联系起来。她的意识里在刚才肯定闪出过一个念头：这个汉人的情绪真好比天边的云絮一样多变。虽然听不懂她在电话里说的什么，但是能从他们通话的语调里感觉出风风火火的急切味来。

藏北高原上任性的风云，就像漫步在雪山草甸间的野牦牛一样，周身布满了连上天都无法驯化的细胞。它们的愤怒总是在毫无征兆的一刹那随时爆发；但也经常会出乎意料地平息于瞬间，温若牧羊。

窗外的大风卷着沙尘走了，也带走了那块铺天盖地的“黑乎乎的牦牛毡”。整座扎西半岛的上空都清亮了起来，空气里弥漫着一层淡淡的烟幕，其中调和了一抹夕阳的余晖，好像一顶黄昏下刚刚点燃酥油灯的素纱帐；释放出浓浓的倦意，让先前那些慌不择向的路人们又恢复了时常的平静和散漫。

一个脸上蒙着深色头巾，双手端着一盆杂物，身着藏式条纹袍子的中年妇女，用肩膀扛开门走进了茶馆。摘下头巾的同时，好奇的眼神就一直打量着这个正在喝甜茶吃油饼的客人，嘴里还用藏语和索朗拉姆快速地嘀咕着。她脸上的表情由机械的认真里传出轻松的笑容，接着又瞪大眼睛表现出夸张的惊叹；最后，面部所有的肌肉和五官都汇聚在一起，托出一脸喜气的吉祥如意来。她笑眯眯地冲我点着头，同时竖起了大拇指。索朗拉姆赶紧对不知所然的我解释道：

“这是我的妈妈，我对她说你从内地来，要去徒步转湖。她称赞你是一个勇敢的人，说让我的哥哥帮你找向导。”

“我的……儿子……可以的……”女孩的母亲在旁边打着手势，费力地对我说出几个不太流利的汉字。停顿了片刻她又补充道：

“他……大学生！”

这次无须索朗拉姆翻译，我也大致理解了其中的含义。在这些老藏民的世界里，能够成为大学生的孩子不仅仅是具备了优异的智慧和善良的品质，其本身更是象征和担负着一种可向外界传达的，关乎于藏地血液中那种独特的责任感。在这片荒原与群山、草甸和湖水之间，一个普通牧民的帐篷里能够培养出一名大学生，是足以令父母家人为之自豪大半辈子的荣耀。

夕阳的光影渐渐从山头、屋顶以及往来游客的脸上沉落下去。窗外的热闹明显清淡了许多，大家都回到了湖边的简易旅馆和茶馆之中。茶馆里一共只挂了两盏小节能灯，索朗拉姆打开了悬挂在炉子上方的那一盏。这里是茶馆最好的位置，不仅临靠着窗户，而且跟前的茶椅全部围绕在这唯一的火炉子周围。客人们都喜欢暖烘烘地拥坐成一圈，虽然光线有点昏暗，但完全可以满足大家喝茶、聊天、团糌粑、吃藏面的需求。

几个藏族汉子从茶馆最里边的一扇小木门外喧闹着挤进来，满头乱舞的蓬发也没能遮挡住他们脸上率真的欢乐，那应该是刚刚转岛结束后获得的那种圆满的欢乐。按照藏地习俗，如果你没有足够的时间或者体力去转纳木错湖的话，那就绕着扎西半岛转吧。佛祖为众生在觉醒的道路上善巧地变通了各种方便法门，绕着半岛转够十三圈的功德，也等同于转湖一周。藏族汉子们放下手中的转经筒，解开宽大的藏袍，叽里呱啦地在说笑之间还向索朗拉姆的母亲安排着什么。索朗拉姆的母亲好像一一核对似的，重复了一遍他们的安排之后便开始忙碌起来。

索朗拉姆转过头问我说：

“你吃不吃藏面？他们这些转岛的人刚才点了藏面，你如果要的话可以一起做。”

“嗯，来一碗吧。对了，能不能先帮我找个住的地方？”我点了点头要好了藏面，然后求助索朗拉姆为我解决今晚的住宿问题。

女孩略夸张地倒吸了一口气，自责似的吐了一下舌头好像在说：我怎么把这事给忘记了！

急忙走过去拉住正在火炉边忙活的妈妈，母女俩轻声用藏语交流了几句，然后转回身来对我说：

“今天晚上就和阿爸阿妈一同住在这里可以吗？”

藏民的家居和茶馆的布置风格几乎没有什么区别，都是清一色藏式的茶椅茶桌，围绕着屋子中央的火炉子摆一圈。白天招待客人喝茶吃饭，晚上取下茶椅的靠背之后，每张茶椅都可转变成一支单人的小木床。上面铺着藏式风格的花毯，再盖上厚厚的棉被，真是稳当又舒适。更何况这里还有整个白天都不熄灭的火炉子，在高原上的夜晚，温暖对于异地的客人来说，是多么的重要啊。而且，对我来说这里还有一个尤为重要的好处，就是迎来送往的客人里几乎没有游客，大多是来扎西半岛朝圣的老藏民。虽然听不懂他们的语言，但即便像一个旁听生一样，坐在他们旁边感受一点气氛，也定能了解到一些关于转湖朝圣方面的信息。能住在这样的环境里真是上天为我做得最好的安排，于是赶紧向索朗拉姆的妈妈恭敬地合掌致谢。

就在刚刚安排好住宿的同时，从外面急匆匆地闯进来一个黝黑的藏族小伙子。他身上裹了一件土黄色的大藏袍，站在门口直愣愣地环视了一遍茶馆内的每个客人，最终把目光停留在我和索朗拉姆这边，径直快步走到我面前伸出手说：

“你好，是你要去转湖吗?”

没等我做出反应，索朗拉姆已在旁边抢着说：

“这就是我哥哥，刚刚转岛回来，可以帮助你。”

“我叫贡觉扎西，你就叫我扎西吧。”哥哥又接过妹妹的话继续着，将我刚要脱口而出的“你好”两个字硬生生地从嗓子眼儿堵了回去。他接着又说：

“下午妹妹打电话说你要去徒步转湖，现在需要找一个带路的向导，是吗?”

我被兄妹俩的热情包围着一时之间竟然有些石化在那里，任他们连续的互动一句接一句地冲击着，把平日里积攒的一些本来就不怎么富裕的客套话也都给冲淡在脑后。意识在经过短暂迟钝之后才缓过神来，哦，高原之上，人与人之间的接触，不需要城市面孔里裹着脂粉的矜持。在这里的交流过程中，过分的含蓄完全是累赘，直来直去的爽朗才是与藏民沟通的最佳方式。

“是的，我需要一个能带着我徒步转湖的藏族向导，还需要他牵一匹马或者一头牦牛，用来帮我驮着行李装备。对了，他最好懂一些简单的汉语，也熟悉沿途的寺庙。”我再一次被感染似的，直接将自己认为不是很苛刻的、此行中必须要保障的配置和要求一股脑地全部明确地说给了扎西。

扎西稍做沉思后说：

“可以，但是需要给向导付一些费用。”紧接着他又补充道：

“这仅仅只是向导以及帮你拉行李的费用，你放心好了，我们不会从中多拿你一分钱的。”

天知道此刻我脸上所表现出的那点可怜的自我保护意识，该有多么令人怀疑和作呕，以至于引出这段扎西向我补充的解释。这些费用本来就是计划内的开销，更不敢有怀疑他们的心思。今夜茶馆里的率直和诚意，绝不容任何虚伪不堪的思维去妄测玷污。

“嗯，没问题，只要在合理的范围内，这些费用都是应该的，但是时间方面要尽量紧凑一些，我的假期有点紧张。”我急切地对扎西嘱咐着。

扎西像一个刚领到任务的战士一样，一副成竹在胸的自信，在我旁边坐下来肯定地对我说：

“没问题，明天下午就给你消息。”

将所有的问题都安排妥当了之后，我和这个茶馆的深入沟通才算是正式开始，此刻扎西成为这里的主角。他在成都上大学，开朗健谈的性格，将我们的距离在顷刻间就拉到无话不说的熟悉程度。或许这也是藏族同胞与生俱来的豪迈性情所致。但是仔细想想，以往与藏民们相处的过程中，却很少有今天这样的融睦；总是因为语言上的障碍，使我们相互都无法让彼此的豪情发挥到最佳的程度。

佛法里的“众生平等”在这片土地上得到了最有效的践行。扎西和妹妹的名字也不例外，贡觉扎西的意思可以理解为诞生在吉祥的佛地；索朗拉姆则是幸运而有福的天女。

我和扎西轻松愉快地聊着这些神奇丰富的藏地文化，连旁边的索朗拉姆也听得饶有兴致，插嘴问道：

“那阿爸和阿妈呢？他们的名字里又有什么含义？”

扎西笑着看了妹妹一眼，然后扭头和邻桌的几个老藏民交流了几句。虽然听不懂他们说什么，但我猜想内容一定是他在向长者们请教，或者核实准确的意思吧。

“阿妈的名字如果被男的使用，就是觉悟了的佛陀；如果是女的使用，那就是文成公主佛的意思。”

请教过长者们的扎西回头对索朗拉姆和我解释了一遍。说完之后看了看一头雾水的我，又补充道：

“哦，我的阿妈名叫桑吉，也是活佛赐予的名字。”扎西没有继续介绍阿爸的名字，我自然也不好意思再追问下去。

真是一个令人由衷赞叹的民族，上天在这里创造每一个生命的同时，也会为其赋予一份纯真的灵魂。生生世世里对万物虔心的恭敬，和对彼岸最高成就者的膜拜与追寻交汇在一起时，遥不可及的伟大即被拉入平凡的众生当中，教化着、并护佑着一代又一代善良的人们，这些鲜活的生命里时时处处都在散发着佛菩萨的气息。

瘦小精干的桑吉是个有福的女人。和大多数藏族妇女一样，勤劳、朴实、节俭等优点集于其一身。她更像一个慈悲满怀的转世菩萨，展示给众生的始终是和风般谦逊的笑容及无微不至的关怀与帮助。热情开朗的扎西和乖巧聪慧的索朗拉姆正是上天赐予她最宝贵的礼物。她为自己的茶馆取了一个吉祥温馨的名字——日月茶馆，她一定是在感恩于上天的赐福。她要让来自天南地北的旅者和朝圣途中的有情，在这间小小的茶馆里，都能切身体会到日月般的温暖与柔和。

从下午的风沙里闯入茶馆的那一刻起，旅途中的多舛颠簸似乎就戛然而止了。这里所发生的一切为我开启了一个全新的模式，让我有理由相信，日月茶馆或将是我幸运的开始。

（三）

半夜里雷声大作，伴之而来的是滂沱大雨密集地敲打着房顶。此时茶馆的空气中凝满了渗骨的湿气。有雨水从屋顶上漏下来滴在旁边的茶桌上，随着轻轻地扑腾一声散开——飞溅在我的脸上。本能地用被子擦了一把脸上的水珠，尽量不让自己彻底地清醒过来。在迷糊中我已闻出周围冰冷的味道，翻身蜷缩着再次把被子紧紧地裹起来，生怕拉开一条小小的缝隙，让里面仅存的那点余温也给晾了出去。但是，在这样一个暴风雨的夜里，心中却少了前几天心心念念的担忧，隆隆轰鸣的雷声反而使人愈加踏实地又沉沉睡去。

窗外的天色才蒙蒙泛灰，桑吉在茶馆里就摸黑起来生炉子了。待满满一炉子牛粪饼燃烧的火焰穿过炉膛窜上烟筒的时候，空冷了半夜的茶馆里开始渐渐地浮起一阵阵连绵的暖意来。一股只有在草原深处的帐篷里才可燃烧出的暖味儿，绒絮般柔软地在茶馆里的上空萦绕着，仿佛伸出手去就能拽回来一片盖在身上，拥在怀里。一股直达内心深处的温情弥漫在每一个角落，悠悠地融化着凝固了半夜的苦寒，亲切得叫人不舍得离开这个临时的温巢。

桑吉看着炉子旺起来，烧好了开水，简单的洗漱一把之后便举着转经筒出去转岛了。这是藏民每天早晨必修的课业，从起床生火的那一刻起，她的嘴里就已经在喃喃持诵着：“唵嘛呢叭咪吽……”

虔诚的朝拜仪轨已经完全融入藏民的日常生活，成为他们人生舞台上最为重要的一幕。那些正式严谨的过程里，处处流露出人们对那种高维度精神世界的向往与追求。他们眼帘微拢，双手合十，展开胸腔，放空意识中所有的羁绊；用心，用念，用最专注的能量聆听着，也感受着天地间至纯至净的正等正觉。每一次身体力行的叩拜之后，都会配合上一口深深的喘息用来沉静；凝重的表情也会随之作出一次稍稍放松的调整，那是在默默地提示着自己：距离此生最高的精神坐标又近了一步。

至于宗教之外的诸多治生产业，或人情世故一类的戏份，相对而言就没有那么重要了。世俗生活里的剧本怎么编排都是老天爷的事情，而如何演绎则完全交由自己天生的性情做主。横眉冷对，嘻嘻哈哈都成，在这些老藏民们的世界里，所有的意外都是合理的；吃亏占便宜更是没所谓，一碗热腾腾的酥油茶足够化解尘世间里一切矛盾的块垒。这种大写意的处世态度，淡化了藏民生存过程里诸多的艰辛与不易；简约而单纯的生命旅途中，也总能出乎意料地为自己开启一片活生生的趣味来。

日月茶馆距离扎西半岛的迎宾石五百米左右，是钢木结构的彩板房。前厅宽敞明亮，作接人待客的茶馆，后面的廊道进去是供旅客们住宿的客房。最里面有两个小房间虽然背对着湖水，但有心的老板在背墙上开了一个推拉的小窗户，原本简陋阴湿的小平房硬是被提升为一间光亮通透的观景房。每天早上拉开窗帘就可以看着晨沐里静谧的湖水；推开窗户深深地吸一口蕴含着朝阳的清新空气，然后对着波光粼粼的纳木错轻轻地道一声——早上好！

茶馆里来的内地游客很少，日常接待的客人大多是附近的藏民和从藏区各地赶来转岛或转湖的朝圣者。

本地粗犷的牧民是经常泡在这里的熟客，在进门之前就已经将自己的身份转换为这里的半个主人。他们清楚哪些壶里是甜茶；酥油茶又在哪些壶里，更是熟悉糌粑袋子和肉篮子的位置。

原以为老板不在的时候，我可以帮他们照看一下茶馆的生意，招呼招呼往来的客人，现在才知道是自己多虑了。推门进来的藏族朋友根本无视我这个异乡人的存在。他们像是回到自家的帐篷一样。先往火炉子里添几块干牛粪，然后为自己满上一碗冒着热气儿的酥油茶，再伸手到肉篮子里撕出一条牛肉干塞进嘴里，不紧不慢地大嚼一通之后，才乐呵呵地凑到我的跟前。满口腥膻的藏语里夹杂着一两句听着不甚清楚的汉语，任我费了大半天的劲儿，愣是没听明白他们想表达的是什么。

最后，这种朦胧的语言交流只好在他们憨厚的笑声里作罢。其实也无须明白什么，凭着他们那股耿直的憨爽与率性，就足以将人心中所有的疑虑和防范都打扫干净了。

已经连着两个阴雨天了。白天小到中雨或者中途间歇一小会儿，每到晚上九点过后则开始狂风怒号，惊雷电曝。老天好像要把所有的本事都拿出来挨个儿展示一遍，在深邃的黑幕下尽情地撒着欢儿。这时候的雨量已经不能用瓢泼来形容了，它是决了堤的天河之水汹涌倾下，整座扎西半岛如一叶孤帆，颤巍巍地飘摇在漆黑的巨浪滔天里。

茶馆内一群远道而来的朝圣者，则气定神闲地围坐在炉子周围，品啜着热气蒸腾的酥油茶。苍劲的胡须碴子上挂着珠珠滴滴的茶渍，在昏暗的灯光下，像从松针上顶出了乳白色的花蕾。旁边的茶椅上斜偎着一个年轻的康巴男子，微微地打着轻鼾，兴许是白天的行程太紧迫了，劳累困顿将他从同伴们的热闹话题中分离了出来，早早地进入只属于他自己的梦乡。

窗外暴风骤雨的肆虐，丝毫没有影响到屋内温和的气场。虽然无法参与他们其中，可还是能听得出那种自然而然发于内心的、无比纯粹的朗朗笑声，一定来自极度纯净的灵魂空间；是人情与“真如”（佛教用语，意为实相，即宇宙万物的本体）之间摩擦时所发出的共鸣。世外的空灵把简朴的茶馆烘托得不着丁点儿尘垢。

下雨的这两天扎西没有到茶馆里来，但他也没有失信。

他让索朗拉姆传话给我——等雨停了，向导就到了。

风雨中的日月茶馆于我而言，可以是无限享用的温暖和安乐。每天慵懒在临窗的茶椅上，怀里拥着塞满了牛粪饼的大火炉，茶桌上还摆了一杯冒着热气的甜茶。透过雾气蒙蒙的玻璃窗——有远山，有湖水，有蓝天下自由飞翔的水鸟，还有闲散的牧人和他们脸上干净的笑容。

等待可以是一场无声的戏剧，我早已习惯了源自各种原因的等待。内容里总是轮番地表达着焦躁、忧虑、烦闷、失落、悲伤、惊喜、欣慰等剧情，没有刻意的表演设计，都是生活里自然天成的艺术。时光流转，每次等到末尾时，也会忘记了等待的缘由，甚至丢失了初心。唯一不变的是集所有角色于一身的自己。

在扎西半岛的等待中，我多了一个奢望的心愿——祈愿未来的生命里，所有的等待都停留在这世上所有的“日月茶馆”里。这儿的甜茶里散发着人间寻常的温情；升腾着世间礼法之外的感动；更多的是那些淳朴的欢声笑语为所有的生命点燃着无尽的希望。

环湖散记

二、信仰的引子

（一）

纳木错的雨停了，连着覆盖了半岛几天的乌云也渐次退至虚渺。黎明里的高原，天很低，低得把世界都湮在一片幻觉似的雾蓝色里。转岛的藏民们已经吟诵起低沉的、传自远古的经文密咒，在扎西半岛的山脚下缓缓地叩拜而行。他们是藏北高原上第一拨从梦中觉醒的人群，每天都保持着一份最虔诚、最洁净的恭敬心，去迎接一个新的开始。

凌晨的清冷可以直接穿过人的毛孔渗透全身。雾蓝色的天幕下，静谧的湖畔已经人影攒动起来。大多是全副武装的游客，尽管都裹了个严严实实，但刺骨的冷风扑面而来时，人们依然免不了要瑟瑟发抖。

大家都在等，等待着这一天中最初始、最辉煌的那一道光芒——

远处的天边率先掀起了热闹，有隐隐约约的光影在深浅不一的云层中穿梭着。成群的云絮争相地在聚散之间变换着姿态。那些大堆小朵的黑色、灰色和白色的云花儿，抢着披上了五彩的霞服；互不礼让又往来穿插，你中有我，我中有你，在天的尽头演绎着一股行云流水式的亲密。很快地，这些五彩的云花儿便共同跳进了一片橘红色的云海之中翻滚起来。满眼的绚丽、幻彩、流光、倩影……势如天马浪奔之阵漫天涌出，火辣辣地钻入眼根深处，直至沁入人的心神。它们在彼此地厮磨碰撞；在纵情的自由交汇，在交汇的过程中又不间断地繁衍出新的生命。那真是瞬息间的一次次轮回，激烈得叫人心房震颤，无声的冲击直抵人的灵魂之巅。身在湖边，心目却与天边交相激荡。诡谲莫测的变化牢牢地掌控了人的思维意识，我已经无法在翘首眺望时还能同时展开思考，去思考那些变化背后的前因现果了。我担心在沉思的过程中，肯定又会错过一些更加离奇的惊妙变化。

太阳乘着五色的祥云从湖平面上跃了出来，耀眼的光芒映射在湖水和大地上。一定要竭尽了天和地的仁慈，才可洒下这大把的金色温韵，洋洋恣意地漫过纳木错的山川翠泽，柔润深切地滋养着凡尘里的每一个生灵。

走到一个离热闹远远的湖岸，没有嘈杂的赞叹和恭维的地方。换一个能叫人平息的视角，静静地立在那里看天、看水、看云和对岸延绵的雪山。哦，高原上的生命竟然可以如此奢华地享用着朝阳的光辉。暖融融的湖畔，草甸子上铺了一地星星点点的温和；渗入泥土，散发着来自天穹的馨香，也蕴含了一股经从大地里孕育出来的慈祥。万物都蜷身在这慈祥的怀抱里，那里有源源不绝的、母亲般的哺育，宽容温厚。微微合上眼睛，胸中那么多的骄躁不已，都在欣然接受着她温柔地平抚；即便是世间最要命的冲突，此时也会顷刻化作宁美与淡泊，回到那个属于自己的、充满着祥和的归宿。

从湖边回来已经是接近午饭的时间，很远就看见扎西乐呵呵地站在茶馆门口，一边与人聊天一边朝这边张望着向我挥手。灿烂的阳光下，年轻的藏民更加充满朝气了。如他所说，雨过天晴的时候，带我去转湖的伙伴就出现了。

茶馆里一个精瘦硬朗的藏族男子大咧咧地坐在茶桌前。标准的古铜色皮肤，脸上的肌肉纤维纵横，一条紧密地衔接着另一条；颧骨和眉弓都像是用油画刀劈出来的，撑起了一张雕塑般坚实险峻的面孔。那根乌黑油亮的粗辫子上缠绕着两股醒目的红色丝带，在头顶上盘了一圈，顺着耳畔垂下一把大红的缨穗来，点亮了藏族男人身上那股特有的神采。

“这是我帮你找的向导，他的名字叫仓多。”扎西的一只手老练地搭在向导的肩膀上对我介绍着。看起来他们彼此之间很熟悉。

我客气地朝他点点头打着招呼：“你好……”

只看到向导的嘴角处象征性地启动了一下，而木讷的表情上却找不到任何回敬的信息。

“他是这里草原上的牧民，环湖沿途的路线他都比较熟悉。”扎西继续向我介绍着向导的情况。

仓多基本上不懂汉语，两眼直勾勾地观察着我和扎西的对话，看似迷蒙的目光里隐烁着一道异动的神色。看得出，他想要从我们聊天的言语顿挫之间，推理出自己所有的好奇和疑问的答案。

说实话，跟着这样一个彪悍冷峻的牧人去转湖，我还是有些心虚的。别的问题先不敢往深里想，仅仅不懂汉语这一条就是个棘手的大麻烦。我焦急地再次询问扎西：

“可不可以换一个年长一些，能说点简单汉语的向导啊？”

“这里的老藏民很少有懂汉语的，而且，能带着你徒步转湖的就更少了。”扎西有些面带为难地回答我。

只好通过扎西把我所有的行走计划和要求都翻译给仓多，看看他是否认同这些安排。遗憾的是他听完之后没有提出任何不同意见，或更加合理的建议。漫不经心地边听边点着头，大约算是一种迫不得已的回应吧。就好像这一路的行程内容以及可能遇到的状况都在他的掌控之下，根本不屑于这种琐碎的、家长式的嘱咐。

从始至终，他的眉眼间都在释放着属于高原上独有的目空一切，甚至还夹杂了一些影视剧里才会出现的时髦冷酷。这些种种的表相让我心生了很多不自信的担忧。仔细想想，在人烟稀少、补给困难的高海拔地区徒步行走近十天，全程约三百公里的行程里，跟着这样一个自我感觉已经帅到没有天理、且无法正常沟通的原生态藏民，还得把大部分的行李和给养都交给他负责去驮运，如果这期间发生任何一点不测的意外，那对我来说将意味着什么？

然而这些想法也只是一瞬间的转念而已，没敢继续再往下去想。扎西用极其为难的态度明确向我传达了目前的形势，已经不容我再有退而求其次的选择机会了。越来越紧张的时间无疑还会催促我产生更多错误的判断，再生出其他不可预料的障碍；而这些计划外的、原本不应成为障碍的障碍，又会进一步动摇我此行的决心。现在才发觉，是自己把转湖想象得太轻松了。此时，临阵退缩才是不可宽恕的毁灭，对我来说！

再次坚定了一番自己的初始信念，既然是冲着转湖来的，心态上就应该比平日里再随缘一些吧。我尝试着去打消那些负面的、消极的、自以为是的思维模式；积极地变通着内心的抵触情绪，去改变心理上对这个向导产生的各种不满。在意识中塑造出一个空灵的声音对自己说：将你的心胸彻底打开吧，用毕生的宽博去接纳和承受命途中的一切安排。

语言不通也好，这可以让我在这条苦行的道路上更加专注于高原上的那些神山圣水，还有古德贤哲们遗留下的圣迹。再者说，上天创造万物的时候，一切生命的肢体肯定也不仅仅是用来劳作或示威的，而那些最原始的沟通使命，恰恰都是通过大家在举手投足之间得以完成的。在交头接耳的过程里，人们才聚而成群，开始萌发出思想感情；产生了长幼次序；设定了不同的分工；甚至还有可能化育出最原始的爱情。我已经在尝试着让自己的语言表达功能融合到肢体和表情之中。我坚信真诚的热度足以消融那雪山上千年的寒冰，何况我和仓多这一路只需煨出一点点苦旅中的和谐。而这种古老的相处方式，或许有助于让我们挣脱世俗中所有虚妄的藩篱，触摸到远在上古时期才存在过的纯真与信任。

在我和扎西令仓多极不耐烦的沟通结束时，猛然间，我又发现了一个真正让我失望的问题：仓多并没有如我所愿地骑着一匹骏马，或是牵来一头高大威猛的牦牛。他的坐骑是一辆与他桀骜的造型完全不搭的、破旧得已经辨不清出身种族和生辰年份的两轮摩托车。从外形上打量一番，它的功能仅限于驮着仓多，喘着粗气摇摆在荒原尘土中，我甚至怀疑它是否能够顺利地陪着仓多跑完这趟神圣的旅程。

于是，临行前所做的那个壮美的梦想，就这样被不着痕迹地打碎在出发之时：

我在逝去的所有时光里
一直都在
等待着那一刻——
骑着健硕的骏马
或跨在黑山一样的牦牛背上
高傲地穿过那片无人的青翠
经世的烟尘里
刹那的感动都是我永恒的宝藏
风卷彩云
在夕阳的怀抱下独影沉吟
震颤了沙数灵魂的高原民谣

（二）

天气晴朗的日子里，每到下午三点之后，就进入了高原上最烈辣的炙烤时段。

日月茶馆的门前，我和仓多已经做好整装待发的一切准备。桑吉从忙碌中抽出身来和我们送别，她捧出一条洁白的哈达，轻轻地挽在我的胸前，安详素净，祷告式的庄重且柔和地对我说：

“平安……扎西德勒。”

“平安”一词应该是桑吉会说的为数不多的汉语之一，我听得出这“平安”的后面，可能还相随着这个世界上最朴实真挚的祝福，她努力地动了动嘴唇，却没有说得出来。好在有一句我们都能听明白的扎西德勒，可以代替她想要表达的所有心愿。

一个平凡的、连时空里漂游的微尘都不去惊扰的送别，悄然地感化着幽暗中所有的混沌不明，在即将踏上这朝圣的旅途之前，将其净化得如清莲般不着尘迹。我切实地听到了桑吉的心语。

仓多骑着摩托车驮着我的行李先走了，按照我们的约定，每走十五公里会合一次，会合之后做一次简单的休整，再依情况决定接下来的行程，如此往复直至全程结束。

可能是连续下了几天雨的缘故，虽然正当午时，但此刻湖边的草甸子里却没有印象中的炙热和灼晒。处处吹来让人浑身舒爽通透的凉风，却又不知它从何处生起。四面八方的风花打着旋儿，翻腾着被雨水浸润了几天的泥土和青草的鲜腥气息，缭绕在人的身体前后。那种天然的清新馥郁啊——好似一股发自万物源头的、生生不息的能量，给脚下的每一步都注入了足以叫人无限飞扬的激情。不论你迈出什么节奏的步伐，它都会自然地落在成熟的乐点上，沙沙的旋律里飘溢着不计身在何处的浪漫；甚至于驻足的片刻里，在那寂静的空隙中，人也能回味出感人至深的韵调来。这时万万不可回头张望，否则又会贪恋着被遗落在身后的美景而耽搁了行程。清醒的意识里竟然隐隐地悸动出一缕对迷失的渴望，又有谁能抗拒呢？能够迷失在如此情景交融的天地间，也该是足以叫人满足至来生的福德了。

远处砂砾路对面的山坡上出现了一小簇步履迟缓的人影，和我一样缓缓地朝同一个方向前行着，宽大的藏袍和蹒跚的身形大致告诉了我他们的身份。他们也看到了在湖边的草甸子里行走的转湖者，远远地朝我挥动着手势。能遇到一起转湖的藏民是我先前求之而不得的渴望，当然在兴奋之际马上挥手回应，并冒着高原反应的危险扯开嗓子吆喝了一声。他们向湖边穿行下来，我也加快了步伐，朝着环湖路的方向翻跃上去；我们似乎不约而同地想到了一起，都在迅速地朝对方靠近，期待着朝圣途中难得的相遇和一段愉快的同行。

这是一个平均年龄在六十岁左右的中老年朝圣队伍。每个人都一手拄着手杖，一手摇着转经筒或捻着佛珠。行走在平均海拔4800米上下的高原上，虽说行止舒缓，但是从每一步里踏出去的坚定和稳健，都着实叫人由衷地为之赞叹不已。

其中一个老太太讲汉语的标准程度已经和我那带着感冒味的普通话不相上下。一身稍显臃实的藏式打扮，也丝毫不能影响到她气质上的优雅风度。若不是在刚见面时寒暄的过程里，旁边的伙伴透露了她们的平均年龄，即便从遮阳帽的帽檐下已飘出了几缕灰白相间的青丝，也无法从她满脸祥和的面庞上找出她所经历过的岁月印迹。

兴许是相遇在纳木错湖畔的缘故，我们并没有因陌生而带来相互防范的困扰。交谈如雪山上消融下来的冰水一样涓涓流淌，彼此的真诚毫无顾忌地交汇在一起。老人家告诉我，去年因特殊情况错过了转山的年份，而这一错失就是一轮。不知道自己在十二年之后还有没有精力再去冈仁波齐转山，因此在心底留下了不小的遗憾。所以今年也是花了大力气，克服了许多不便的艰难遏阻才得以赶来转湖，免得再次落下新的遗憾留在这个吉祥的年份里。人生一世若不能为自己的信仰去努力、去争取、去付出，那将来在弥留之际又怎么能安然地闭上自己的眼睛。

如聊家常一样平淡的一段对话里，他们的语气间游动的全是藏民独有的那种高原风骨。无比高傲的精神世界里没有丝毫妥协的意味；这世间所有的无所不能，也不要妄想去撼动他们对信仰的忠实与执着。

我们转湖的方式基本相同，都是要徒步走完全程。老人们的补给拉在一辆货运卡车上，车在前面边走边等，人在后面怀着一腔恭敬随缘而行。他们看我独自一人从内地跑来转湖，在惊叹之余也会流露出一些当自己的信仰得到世人的认可，以及被外民族尊重时的欣慰来。老人问及我关于信仰方面的问题，我竟支支吾吾不知该如何作答。堂而皇之的漂亮话是用来搪塞世情的，此时此地搬出来就成不合时宜的污染了。更加令我惭愧和恐慌的是——走在这片连山水草木间都布满着信仰的土地上，我却不能确定自己到底算不算一个真正懂得和拥有信仰的人。而令我产生这种惭愧和恐慌的，又何尝不是源自自己内心的觉醒？！

她平静地看着我一脸的失态和不安，耐心地等待着我的回答。似乎这是一个不容逃避的问题。

“关于信仰……我现在还有些迷茫，包括这次来转湖，那个最初的因由到目前为止也不是很清晰。”我磕磕绊绊地带着心虚的口气回应着，停顿了一下我又补充道：

“或许……在转湖的过程里能找到一些内容，但不知道自己是否具备了足够的慧根从中去领悟出一些答案来。”

老人家听我说完之后，她的目光从我的脸上转移向湖水和湖对岸的遥遥山影，默然凝视，片刻之后轻声自语道：

“信仰啊，真正的信仰不在路上，也不在湖水里，更不在雪山上，人为有情智慧，何须向外驰求?”

无法判断她这一席自言自语算不算是对我的一番点化，只感觉自己原本就混乱的意识，还依旧挣扎在一片茫茫然浩渺无际的虚无里，不得所然。若具备了绝对的聪慧或许还可以妄求一个顿悟，但是很显然，我偏偏就属于那种天命里舍此慧缘之辈。看来唯有在荆棘丛林下的苦行中，去寻觅通向正等正觉的菩提大道了。

短暂的交流之后，大家都回到了原本的自我状态，跟随着脚步的节奏，转经筒又迎着风儿继续着先前的旋转。从老人们的脸上又自然而然地凝聚起一股只有在藏地才能感受得到的神秘与专注，或许这就是他们可以坚守本真的一种心无旁骛的自观自在吧。

转湖的藏民通常都有大把的时间，所以行程的安排就比较随意，饥渴来了就席地而坐，吃糌粑喝酥油茶；出现了困顿就找个避风的地方扎起帐篷休息放松。心中完全没有牵挂，也不必受朝拜、修行之外的任何琐事羁绊，只求在有生之年能获得身体和精神之间的圆融，足矣。

相比之下我却不允许有那么悠闲的旅程了。进入这片圣地之后，我就切断了一切与外界的关联，但是形式上的切断更增添了心理上的煎熬。只好逐渐加快了一个凡夫的步伐，独自重新迈入湖边的草甸子里。除了节约时间的考虑之外，更重要的是——我根本不能抵御湖畔那无数的未知世界里带给我的无穷诱惑。

朝圣途中的相遇平淡如一池清水，没有寻常相逢的客套，也少了分开时烦琐的告别。如漫漫时空里漂浮的烟尘一样，逐缘而聚又依缘而散，匆匆擦肩不留痕迹。

（三）

计步器上显示已经走了近二十公里，黄昏正从西边静悠悠地推移过来，我和向导还没有如约会合。随身携带的水和食物已经所剩无几，赶紧收敛了留恋着美景的贪欲，被饥渴和不安追赶着返回到环湖的砂砾路上。

找了一座较高的小山头爬上去向四周环望。远近一片广袤的丰草绿褥铺展在高原大地上，沿着绿的边缘至远方的雪山脚下，镶嵌了一大块碧蓝色的宝石，那是圣洁的湖水，在夕阳的辉映下闪烁着金色的粼光。连偶尔的微风也似乎屏息了自己的呼吸，只柔柔地抚过人的脸庞。雪山、湖水和草原之间挤满了浓郁的静谧，我伫立在这片静谧的缝隙中搜寻着我的向导，良久不见其踪迹。

夕阳西沉，眼见着最后一丝余晖也正渐渐隐去。我依然踽踽独行在环湖路上，除了疲惫和饥渴之外还心生起一些担忧来。各种猜疑从心底涌出，而且包括一些想起来都荒诞不经的假设和可能，凭空的影响左右着我对目前所面临形势的判断。根据上午和仓多在茶馆里的简短接触，以及对他的初步了解，我可以虚构出在这个牧人身上可能会发生的至少十种以上令我不安的意外。如果其中有任何一个虚构得到落实，都足以打乱我所有的行程，甚至危及我的人身安全。心中不免对自己的草率行事暗自后悔和抱怨起来：如果在扎西半岛多等一天，或许就能遇到一个相对稳妥和负责一些的向导。

焦急、惶恐、浮躁和不安如泛滥的洪流冲击着人的意志，当下即能觉察到在危机真正来临的时刻，沉着冷静与人的距离是多么的遥远。

夜色已经将我衔在嘴边——即将吞噬我，我已经察觉到了时和光的分离。紧张无助的时总是漫长的，而光正在加速度般地消隐在天际，留下了大片浓厚的普蓝。直至从身后传来一声高亢的吆喝，才回头看到一道刺眼的灯光牵引着摩托车突突突的马达声，上下颠簸着朝我飞跃而来。没错，正是我的向导仓多。紧绷的神经瞬间松弛了不少，复杂的心绪让我一时说不出话来，激动的背后是可悲的暗自庆幸，原来我也如此弱不禁风。

按理说他应该在我的前方等着我，或者迎着我的正面寻找过来，不知为何会突然出现在我的身后。对我来说，这绝不是一个好的征兆。这意味着在未来几天的行旅中，他的行事方式有可能会完全无视一个向导最起码的责任和素养。说心里话，此刻很想好好地感谢他一下，最起码在完全天黑之前，让我在这荒无着落的高原上有了一个相对安全的依靠。但是心理上却总躲不开那糟糕的理性分析，让我面对他的失职而心生怨气。我知道在藏民高傲的骨子里，这世间的一切都是平等的；我也更清晰地明白目前的环境下，在我和仓多的雇佣关系中，弱势的一方是我自己。但即便处于弱势，依然不能摆脱一些与生固有的骄横和陋习作祟。如果不对这个荒蛮的家伙进行一次有效的约束，那接下来几天的行程里，他会更加肆无忌惮地脱离我的掌控。

于是，一团异常愤怒的气息从我的脸上迅速蒸腾起来。那气息里包含着一个向导应该遵守的基本职责和义务，以及因他不负责任的失职可能会引发的不测。这些如燃料一样的斥责，掺和在即将燃烧的气焰之中，连训带喊地朝他爆发了出去。一通暴躁的发泄过后，连我都惊诧于自己是从哪里找来了那么大的勇气和力气!

接下来的气氛大大出乎了我所预期的状况，仓多淡定的神情里再次释放出足以湮没我的不屑。他先慢悠悠地掏出一支烟，点上；再铺展开一副经验老到的江湖痞气，一条腿半盘起来斜跨着摩托车，透过自己喷出的烟雾，冷冷地注视着这个汉人面对自己近乎狂躁的爆发。

没有应战的挑战无异于自取其辱，无法接受这个高原蛮子对我如此轻傲的回应，我竟然想看到他也疯狂地面向我拉开架势的那一幕。我甚至还迁怒于那辆该死的、破烂不堪的、老旧得几乎要遗失了自己年龄的摩托车。它还能那么稳当地立在那里，供那个蛮子四平八稳地盘坐在上面，舒适得就像一个戏园子里的贵宾席。

气势如牛的冲动本意是想给仓多一点威慑和警告，却不幸地沦为一场蹩脚的表演，被他像个大爷一样半卧在那里，大模大样地消遣在完全落下帷幕的黑夜之中。

紧张导致了有劲没地方使的慌乱，撕毁了一个中年男人最应该维护的成熟面具。只好喘着粗气一屁股坐在路边的石头上。并不觉得自己目前的处境里有多少危机，先前那种一个人在昏茫茫的高原上饥渴困乏、无所依靠的担忧早已荡然无影。此刻的愤愤不平，完全源于自己在这样一个荒蛮的牧人面前所遭受的那种挫败感。更不能接受的是，我怎么能如此愚鲁和荒谬地挥霍掉本该属于自己的涵养和气度，爆发了一通在对方看来根本不知所云的恶气，酿造了一场散发着幼稚加愚蠢的闹剧。

激愤中的人是谈不上智商的。弱智的表现让仓多见识了比原始更加粗野的蛮横。我羞愧地低下头，任沮丧将我带入一段无意识的空白……

我须持着怀疑的态度，重新由外及内地审度一遍陌生的自己。这个来自现代城市的、形式上的、在茫茫高原的夜空下代表了一些现代文明味的中年男人。总以为自己能够在藏民面前一直都保持着平静的、理智的、波澜不惊的自信。然而，刚遭遇一次小小的危机，就匆匆地亲自否定了这种自信，轻而易举地探测到自己人生的深度。

有时也会做这样的思考：自己生平所接受的书本知识、文化教育，以及在过往古今的先圣贤哲们所倡导的经典滋养里，到底汲取过一些什么样的精华？难道仅仅是为了装点门面而购置的一身狂妄的华丽吗？平常挂于嘴边的听上去很体面的圣人之教，今天难得地在我身上暴露出他们在现实危机面前是多么的脆弱。到底是他们异化了人类思想里最初的纯洁，抑或原本就是一抹增白的粉底，虚浮地遮掩着人性最深处被压抑着的丑陋。殊不知那些看似分条析理的经典教诲，在提高人们的精神高度的同时，也会在我们的意识里滋生出轻慢的杂芜；思想上片面的认知若得不到践行的肯定，圣人们的教化在某些时刻，是不是也会成为更甚于粗野的帮凶？！

真该感到幸运的是，这份被自己撕破的浮躁，没有被暴露在阳光之下。

紧张的空气随着人的喘息声也渐渐地舒缓下来，抽完了烟的仓多从摩托车上起身走到我的身边，弯腰拽了拽我的衣服袖子说：

“喂，朋友——”

见我没理他，又拍拍我的肩膀语气有些着急地继续道：

“哎呀……那边……”

我顺着他手指的方向望去，前面不远的地方亮起了一盏昏暗的灯光，应该是牧民的帐篷。

仓多一边打着手势一边费劲地对我进一步说明：

“那边……帐篷……”他还捎带模拟着吃饭和休息的动作。

刚才面对我的发难而表现出那么冷静孤傲的仓多，现在像一个天真的孩子，抓耳挠腮地变着法儿向我传达着前边可以借宿吃饭的意思。

不知什么时候起，晴朗的夜空里已经繁星璀璨。这个季节的藏地都是晚上九点之后才开启夜的模式，此时已经过了十点。仓多的头顶上空悬挂了一弯脂玉般润白的新月，好似那月牙儿也随着人一起弯了腰，急切地看着我，等待着回应。

心气平和永远是解决问题的最佳方式，我为自己愚稚的习气而感到无地自容。其实，就目前面临的状况来看，早该妥协的人应该是我而不是仓多。我已羞于正面回应他，可怜的面子强撑着一点固执，默默地，独自在黑暗里摸索着，朝亮灯的地方走去。

高原的上空缀满了无数闪光的生命。今夜的闪烁有些异常，它们收回了以往亮闪闪的可爱，射向我的全是冷清清的寒意。那一定是来自遥远星系的嘲薄。

待我走近帐篷的时候，仓多已经在门外的草地上等着我了。从他的表情和举动里已经找不到我们刚才不愉快的痕迹，也或许是他懒得和我计较了吧。他主动帮我卸下身上的背包和暖水瓶，并掀开门帘将我让进帐篷。

这是一个才搭建不久的帐篷，篷布崭新洁白，很简陋但也很暖和。正中央的铁皮炉子里，牛粪饼正燃烧出满帐的草灰味。还是藏式的基本布置，几张白天待客喝茶、晚上作床休息的长条茶椅以火炉为中心，沿着篷布围了大半圈。在炉膛火热的呼呼作响声下，这个在夜风中发抖的帐篷里被烘托起一股家的温暖。从炉子的正上方垂下来一盏小节能灯，微弱的白光仅够大致分清帐篷内人们的性别和各种设施的摆放位置。也许是太阳能蓄电池缺电的缘故，帐篷的主人连给手机充电都不允许了。好在我的手机现在已经失去了除拍照记录以外的所有功能。

帐篷里已经住了一个老奶奶和两个年轻的小伙子，仓多和他们聊过之后，用手势告诉我这祖孙三人也是来转湖的。现在看起来仓多比我想象得聪明很多，他先用手指了指老奶奶和我，然后双手合十做叩拜的动作，再在空中画了一圈，嘴里喃喃地说着："纳木错……纳木错……"

很显然，他的意思是：你们都是来纳木错转湖的朝圣者。

暗淡的光线下，这种原始的交流还可以进行得如此详尽，让人一目明了。

在火炉旁忙碌的帐篷主人是一个秀气的藏族女孩，尽管她在忙前跑后的同时，还要抽空去照应一下旁边床上的小婴儿，但我还是要称她为女孩。因为从她说话的声音和干活时的举止来看，她自己也还是个稚气未脱的孩子。仓多似乎非要把自己和她拉到很熟悉的程度，像一只着急要扑火的蛾子，来来回回地盘绕在女孩的前后左右。不过还好，他也为我绕来了热腾腾的藏面和甜茶。与以往吃过的藏面相比，今天的藏面格外有味儿，一口气吃了一碗还觉着不过瘾，让苍多又给要来一碗。第二碗是细嚼慢咽的、拌着有滋有味的感觉吃完的，吃得格外仔细和干净。那些滋味里蕴含着从饥饿恢复到充实的尽兴，从疲惫放松到舒散的惬意。这久违了的有滋有味啊，让人体会到满足原来是这么的简单，一时间竟想不出人生里还有哪些所求而不得的欲望。

饥渴与困乏也可以成为发人深省的经典语录，常温时习有助于锤炼人的精神意志，使其更加的坚强和饱满。如果经常能不定期地去体验一下这种身体力行的艰辛与忍饥挨饿的境遇，那奢靡、浪费、糟践这样的词汇就可以永久地从我们的日常生活中剔除出去了。

接近午夜时分，和我一样转湖的祖孙三人早已入睡并响起了轻鼾。她们不需要被褥，把宽大的藏袍往茶椅上铺一半，人躺上去之后再把另一半往身上一裹，就解决了整晚的保暖问题。

小婴儿的小母亲盘坐在炉子边的木床上，一边低吟着类似摇篮里的歌谣，一边耷拉着半边藏袍正打算给怀中哭闹的宝宝喂奶。仓多则傻乎乎地凑在旁边没话找话，尽管他飘忽不定的眼神里暂时还算干净，可就连帐外天上的星星，都早已觉察得出他此刻殷勤的用意。

休息之前我还是不得不打扰他一下，让他帮我和女孩找来了一块毯子铺在椅子上。第一次看到他朝我笑容满面的样子，似乎还流露出一些不好意思的歉意。

从下午四点正式踏上转湖的旅程，一直走到晚上九点多，共计二十二公里。在高海拔地区徒步能保持这样的表现，我对自己目前的身体状况还是比较满意的。无暇去关心仓多的不轨情事了，劳累和疲惫真是最有效的安眠药，这将是一个怀里拥抱着踏实的夜晚。

环湖散记

三、梦幻天湖

（一）

这是一个青蓝色的早晨，浓淡相融的紫气薄雾弥漫在高原上的群山和湖水间。我空身一人踩着挂满了彩色露珠的青草，漫步在斜缓的山坡上。空气里纯净得没有一丝杂质，万物的五脏六腑都在贪婪地享用着这份清晨里最高贵的早餐。尽管已经十二分的小心翼翼，但脚下的每一次移动仍然会触落挂在草叶间的露珠，于是，从静悄悄的晨雾中就传出了一些窸窣破碎的声响来。那些碎落了的、晶莹的小家伙们，顺着茎叶滑过沿途所有正在大口呼吸的生灵，毫无阻碍地自由滚动着，流淌着。很快，它们就滚落在一处开始了新的汇聚。不一会儿，在这块黝黑的土地上便聚起一汪清洌的甘泉来。那真是一汪不安分的水啊，如透明的蓝色丝绸飘摇在高原的山坳里。山坳，就成了高原上最厚实的摇篮。它在沉稳的摆动中孕育着，涌动着，不间断地萌生出向上、向外的力量。那水越聚越多，透明开始幻化成纯粹和深沉，泛出诱人的钻蓝色，自由起伏的舒展逐渐变得强烈起来。鼓动着，发出循循震荡，惊起的层层粼光掠过水面，飞溅出激烈的爆发；

犹如被天神所接引——终于，一座炫目的水晶宫殿从一片密集的水花中缓缓地浮现上来。它通体闪耀着不属于这个世界的华光，好像是银河里的星辰倾空泼泻而下，堆砌成这样一座玲珑熠熠的圣殿。那殿阶之上铺满了瑰丽异彩的各色宝石，那些宝石的闪烁里散发着非凡的圣洁，纵然耀眼绝伦却未染丝毫轻浮之息，充满了灵秀和典雅的高贵。

朝阳也急切地将它刺眼的光芒投射过来，和宫殿内外的宝石争相炫彩，攀显辉映。满山的绿色都迎着晨晖挺起胸膛，被那些吸吮过暖阳的奇珍异彩熏沐得愈加丰姿清润。草木间自由游动的甘露啊，你们真是这高原上精、气、神的化身！那源源不绝的、生的能量正浸透了山谷，渗入土壤深处，滋养着遍布山野的生命；连山涧里的翠秀丛中也异动起来，自在地点缀出无数娇洁素雅的花儿，波荡在缭绕的雾气里，散发着清灵的幽香。好一派气格清贵的点睛之象，我的灵魂已被摄了去归隐其中，空留了一具躯壳，呆头瞠目地立在那幻妙的仙境里，再也不得动摇半步。

“喂！喂……朋友……”

仓多连推带搡地把我从梦中唤醒，看时间是凌晨五点钟，藏地的这个点还算是半夜。迷迷糊糊地拉开睡袋朝外看了一眼，帐篷里已有人影在晃动，是那祖孙三人。他们都穿戴整齐，收拾好行装准备出发了。很显然，仓多已经将我归纳到那些在黎明前的山水间，躬身拱背喃喃诵经的身影里，他觉得那才是一个修行者应具备的纯正状态。

昨晚是想过今天与那祖孙三人同行的，现在看来，肯定是赶不上他们的节奏了。在修行的道途上论虔诚和专注，我们永远无法和藏民比肩共度。

不知道是梦境过于唯美，还是自己潜意识中的惰性在作祟，拥着温暖的床铺总是让人不舍起身。而有生以来头一回置身于那么真实的梦中，就更加叫人迷恋得难以忘却了。起床和收拾行装的一举一动都是在慢镜头下完成的，我的灵魂似乎还没有完整地归来，依旧反复萦绕在梦中那个清灵剔透的世界里。

昏暗的灯光下，年轻的母亲怀里拥着婴儿，还在打着轻鼾。不知道他们的梦境里幻演着什么样的内容。早餐是指望不上了，只能嚼几口自带的干粮。仓多已经为我倒好了一杯甜茶，接着又帮我灌满了随身的暖水瓶。相隔了半夜，他似乎比昨天负责任了一些，今早的表现让我心安了很多——他已然成长为一个专业的协作了。

仓多很快就为我打理好随身携带的给养，有些焦急地围着我的餐桌走来走去，我想，他一定是嫌弃我太慢了。赶紧有意识地加快速度，我可不想在我们好容易缓和的气氛里再添入新的不愉快。待吃喝完毕，一切都检查就绪了之后，他已经开始冲我挥舞起不耐烦的手势；嘴里还嘟囔着一些藏汉混杂的抱怨口气，断断续续，咿咿呀呀了半天，最终还是令人不明就里。同样也是半夜之隔，就肢体语言的应用智慧来说，他现在和昨晚与我交流的那个仓多又相差甚远了。过于概括的动作和面部上火的表情，在泼给我一头雾水的同时也令我多了些许好奇，让我不禁想深入地探究一下，年轻的藏民变幻无常的性情里到底还蕴藏了哪些神奇的元素。

见我无甚反应，他快步走到帐篷的门口一只手掀开门帘，另一只手伸出门外，指着黑漆漆的高原，恼呼呼地对我说：

“你，转湖……去……”

这才恍若开悟，他是叫我先走，而且是命令式的催促。我犹豫着走过去好奇地打量着他，用手势向他寻求一个让他这么烦躁的缘由。转瞬间，气氛又开始变得紧张起来。昏暗的光线遮掩了他额头上凸起的青筋，可他的口鼻处却发出了牦牛愤怒前的粗喘，——仿佛和先前换了个人似的——表现出极其的不耐烦，一手撑着帘子一手将我蛮横地拽出帐篷之外。情绪极端，起落分明的行事变化，令我的目光在这个蛮子身上彻底地迷茫起来，心底的忧虑也再次悄然升起。为了避免重蹈昨天的覆辙，我也暗暗使出一些回敬式的力气，干脆利落地一把推开他，回到帐篷里从行囊中又给自己多带了一些随身的干粮和水，以防不测。至于他，我也只好由之任之了。

高原上的草甸子里鲜有虫儿们的鸣叫声，在空气稀薄的夜空下，显得愈加沉寂和深邃。星星们静静地闪烁在一弯清秀脱俗的月牙儿周围，尽管她的身姿窈窕曼妙，近乎一条清澈的弧线，但依然获得了众星辰争相地翘首簇拥。自然律历的伟大之处，在于它始终完美地遵循着与生俱来的迁徙秩序。

因此，才成就了人间和天上最富诗意的圆与缺，阴与晴。亭台廊榭，边关古道，由古及今数不清的悲欢离愁和凄美催人的诗词章句，又有哪一段能离得了这渺渺时空里阴晴圆缺的酝酿和渲染？！每当佳人才子们的情思，从茫茫的历史河流中激荡起一朵朵浪花的时刻，总也少不了来自明月和星辰的感染，甚至还赋予过他们最高致、最动人的情感基因。也正是依着这些空灵的基因，才不间断地萌发出人类灵魂最深层的浪漫。于是，流传千年的词头赋尾就洒满了无数文采斐然的灵魂和明月之间发酵出的滴滴甘醇，滋养着人世间最美妙的才情，并深深地渗入了千古文心的深处。

在茂密的草甸子里深一脚浅一步地摸黑前行，就好比在多舛的命途里摸索着拼搏一样，频繁的磕磕绊绊自然是少不了的，艰难和担忧也如影随形地并驾袭来；当然，这其中也伴随着无比的刺激。黑暗中一切神秘莫测的不确定，让恐惧与希望并存着，就如同现实社会里的生存法则一样。每到这种时刻，我总是本能地找出一些理性的强调，来警醒一下自己，尽量小心翼翼地踩实过程里的每一步，避免遭遇到那些未知的阻难。然而，这世间之事往往不是凭着一个小心就可以左右得了的，很多时候，带给自己最大伤害的恰恰就是那些狭隘的自我意识。

但今天的理性已经全盘郁结了，就连从未停止过流动的时光，似乎也滞留在浓密的黑暗里，迟迟不见其面朝光明而有所动静。有些总是在形式上表现过智慧无碍的贤圣们经常说：命途中所有的坎坷不平都是冥冥中上天的安排。宗教的声音里总是勾兑着神秘的学说，迫使着人们学会“认命”。但是，对于我这种凡夫而言，这样的“智慧”听多了，就会在心底产生出一些略带藐视的不以为然；同时也会发出不甘心的疑问——为何人生注定就要接受那个无形无相的“冥冥中”的摆布与裁决？所有苦难与艰辛的因和果都被一个让人无处去辩驳的声音所覆盖；一句空话就得让人消弭心底所有的委屈，打发掉憋了一腔的愤愤激昂？这或许就类似现实中的道貌岸然们给予弱势群体的最可笑的，比空气还“空”上一些的抚慰吧。它落落寡情地引导着一部分善良的人们，在责任与奋斗的边缘消极着，只好在听天由命的逻辑里惶惶度日。耳边已经传来下意识里的一声叹息：

唉！放弃挣扎吧，这一切——都是冥冥中注定的安排。

最终还是被黑暗里的坎坷和内心的恐惧打败了，理性让我决定在迷路和被崴脚之前返回帐篷戴上头灯。要知道，身处这片漆黑莽莽的隐秘之中，随机而至的一些风吹草动就足以让生命脆弱到绝境。幸运的是已经走出很远的帐篷里，还依稀能传一点微弱的光亮出来，让人不至于迷失了回头的方向。

返回帐篷，在掀开门帘的那一刹，我不得不感慨，这世上有一些“迷失”还真是需要勇气去主动创造的。帐篷内出现了一幕略叫人难堪的小温馨。昏暗的灯光下，“迷失的牧人”正斜卧在女主人的小木床边上。印象里的画面是这样的：木床的最里面是酣睡的婴儿，中间是年轻的母亲，床沿边上挤着一个半拉身子还悬在空里的仓多。本来就不甚宽展的小床像一只被箍起来的木笼子一样，连人带物在边缘四周的床栏格栅间挂得满满当当，就好似一只温情的大摇篮。可能是我突兀的闯入惊扰了这段正在进行时的浪漫，女主人难为情地嘤了一声，用被子蒙了头转过身去搂紧了孩子。仓多半直起身子怔怔惶恐地对着我发愣，等他认清闯入者是我之后，嘴里没好气地冲我又嘟囔了几句什么，搞得我自己倒像是做了什么坏事一样尴尬在那里。遂赶紧装作半个瞎子，什么都没看见一样低了头，蹑手蹑脚地绕过他们的温床，自顾自从我的大背包里翻出头灯戴上；戴上的意思很明确，就是告诉他们：我回来是找头灯的。慌乱之余还没忘记调试了一下灯光，不凑巧的是那刺眼的光束竟然比我都慌张，不偏不倚地正好打在仓多脸上。我似乎已经嗅出他黑气腾腾的火药味，赶紧冲他们连说几声对不起，之后即忐忑不安地跨过地上乱七八糟的鞋子，从凝固了空气的帐篷里仓皇地挤了出去。

第一次单独行走在荒原上黎明前的黑暗中，犯怵的心理自然不必言说，远方传来的阵阵犬吠声更是加重了人心虚的分量。本来想靠着吟诵经咒来驱散这紧张与恐慌的气氛，但是思想意识里所有的缝隙间都塞满了仓多和他的情事，平日里耳熟能详的经文心咒却一句也想不起来。我甚至还猜想着，比我早出发的那祖孙三人会不会也是被仓多从梦里就直接赶出了帐篷。

（二）

走了没多久，深寂的黎明逐渐转化成灰蓝色的通透，太阳虽然还没有露头，但天边浮起的淡淡橘红已经让眼前的景象一目了然。纳木错湖如处子一样娴静地依偎在草甸和群山的身旁，湖面上烟云氤氲，岸边则是万物蒙蒙。不觉察时，人已踏入一幅雄浑的山水卷轴内。

藏地的自然墨色里饱含着无尽的高原雄风，是唯有在万年沧桑的岁月里，才托得起的一股集厚重与广博且不失灵透的气息。这绝非江南之地那些轻柔淡雅的山溪小景可类。高原上有得是傲然兀立的风姿和连绵磅礴的大气象，既承载着苍劲有力的粗犷，也能勾勒出层层疏朗、笔笔流畅的灵韵。这世间就算真的存在全能的造物之能，无论他施展出何等精湛的淋漓挥洒，也未必泼得出眼前这一团又一片的传神之迹。远山的峰峦自由自在地穿插重叠，一层一层推向更远，直至隐入缥缈，给人传回的是这凡间不可参悟的宏深。草甸子里早已被露水和雾气洇成一片，浓淡相融的湖畔只现水墨中的烟笼阴郁，不见了平日里的翠色葱葱。我停下犹豫的脚步，深深地调息。俯下身去伸手轻轻抚过淹没了脚踝的草叶，那露珠如约地吸附在我的手上，沁入肌肤的冰冷刺激着掌心——它提示着我这不是梦境。

起身快步小跑至水边。这次我俯得更低，单膝跪在湖畔的砂砾石上，再次伸出双手。摩挲着水岸边的青石，任凭青石片的糙粝刺刮着手掌，传来了清晰的、涩涩的温柔；在悄然不觉时，我已被那温柔醉魔在这片丰实的仙境里。雪山与草地之间，湖面依然平和如镜，一层薄薄的烟雾漫游其上，那样的意境，已绝非尘间画师所能表达出得了。这清透的水啊，饱含了经历过几千个尘劫才可修来的灵秀之气，明澈如望月之皦皦；静穆若曼影于琼宇。她徐徐端庄，自远古漂来，汇聚起这一池不可描述的圣洁和充满了仙韵的清蓝。

站在她的身边，人就是一粒于茫茫戈壁里漂泊了许久的尘埃。寒燥交迫，无依无着地流浪着。忽遇天降甘霖，激情所动处，竟不知该如何享用上天垂怜的这番恩赐了。不禁又陷入深深的思索里：人世间要具备了什么样的力量才能护佑得起这池难得的造化，使她避得开文明进步的未来对其精雕细琢的侵袭。人类文明和进步的意义究竟是什么？！可能也唯有这大自然里天成的干湿浓淡之化育，才可使她永久的如极乐仙界般清醇旷远了。

从脚边慢腾腾地溜达过去一只鼠兔，它慵懒的样子好像也正在梦中游荡。停在与我一步之遥的小土丘上，似醒非醒地打量着对面这个在晨曦里发呆的大家伙。它那对迷离的小眼睛里渐渐地被填满了金黄，有刺眼的明亮倏地燃烧起来，是两簇闪着金色光辉的熊熊火焰——朝阳正从我的背后一跃而起。

似真似幻的水墨世界被漫天的彩霞越抹越淡，直至化入虚空。耀眼的阳光犹如一声棒喝，惊醒了高原上所有的梦境，湖边呈现出一派万象勃发的生机。

从远处传来一声尖厉的口哨，惊醒了沉迷在草甸子里的人。寻声望去，环湖路上仓多正在向这边招手，示意我过去。我这才注意到前面不远的地方出现了一片宽绰的湿地。沼水静悄悄地混搅在泥泞之中，隐藏在青草丛内，从浓密的青翠里忽闪出诱人的粼光。我深深知晓，那才是万万不可轻易涉足的诱惑，草原上最危险的湿地沼泽。

才气喘吁吁地踏上环湖路，仓多就一副很认真严肃的样子，一手拉着我的衣袖，一手指着湖边的草甸子连续再三地重复摆手，向我做着否定的动作；然后又指了指脚下的砂砾路，翻转手掌做了一个正常前进的手势。他的意思很明了，是想告诉我草甸腹地里隐藏着的危险，再作出必须要顺着环湖路行走的警示。看来他在享用了一大早销魂的早餐之后，这会儿又恢复了昨晚那个可以充分利用原始语言进行沟通的天才。

环湖的砂砾路是我极不情愿走的一条路线，虽然我很感激仓多现在的细心和负责任。可是如果不能保持一种愉悦的心情去做某件事，那糟糕的情绪本身就是另一条迷途了。索性装出一副半疑惑半明白的态度去应付他。他又像只天真活泼的猴子一样，再次急得抓耳挠腮，不解地看着我，嘴里发出“哎呀……哎呀……”的叹息，充满了无奈。

为了避免继续纠缠在这个话题上，我犹有意味地盯着他，那是一眼含着耻笑的目光。低声喊了他一句：仓多！然后指了指昨晚帐篷的方向。聪明的仓多不解地冲我愣了一愣，随即就反应过来我的意思。他先是难得的如初尝情恋的大男孩一样，咧出一脸不好意思的笑容，转眼即变成另一副无赖的嘴脸，一挺一挺地扭动起腰身来——是那种洪荒时代的舞蹈；高原生灵们的生命起源，释放着苦寒之地姿色无限的风情。这个原始的野蛮人，在我朝圣的道途上，他粗野地亵渎着对我来说此生无可替代的一场洗礼仪式。唉！只好摇头苦笑，不再理会他，朝着前方山和云的尽头继续前进。

仓多的摩托车很快就超过了我，呼啸而去的时候又发出一声尖厉的口哨，留下一路浓烈的烟尘。

在这段艰苦的朝圣之旅中，我逐渐学会去坦然面对一切合理或不合理的际遇。但是此刻我无法不去纠结和抱怨：上天为何在我人生最重要的一段旅程里，安排了这样一个肆意妄为的问题向导？并且还要我在他的引导下经历着这神圣过程里的每一步。

让人不由地再次仰天长叹——那该诅咒的“冥冥之中”。

顺着环湖路走了没多久，了无生趣的枯燥便应约而至，不能扫除外缘的干扰是谈不上清净的，单调的苦行让我又生起进入湖畔的念头。行走在这样的砂砾路上，让人不自觉地就想把它和以往经过的山岭小道混淆在一起。唯一的不同之处在于，这儿飘浮的飞尘里少了许多日常生活中熟悉的工业气味。我将自由自在的漫步和仓多的忠告放在思想的天平上，左右权衡却无法决断。

翻过一个小土坳，看到前面路边的草地上有三个分别坐着或斜卧着的人影。心中不由地一动：他们一定是朝圣的藏民。走到近前才认出是昨天夜里借宿同一个帐篷的，今天凌晨五点多就出发的祖孙三人。

我双手合掌，点头向老婆婆问安，她微微颔首以示回应。他们身上的藏味比仓多还要浓厚很多，是最原汁地道的老藏民。我们言语上的沟通仅限于“扎西德勒”或“唵嘛呢叭咪吽”。我觉得他们应该比较了解这里的地势形貌，于是就比画着手势问他们——湖畔的草地里安全吗？可以进去吗？年老的婆婆除了笑眯眯地看着我，不做任何反应；旁边的两个小伙子互相对视了一眼，用彼此的眼神肯定了一遍对我意图的理解。但依然保持面存犹豫的表情，试探性地朝我点了点头。可能是被这种无声的交流方式影响到了，一时之间他们也停止了正常对话的沟通。我们四个人都默不作声地凭着各自本能的洞察力揣摩着，并理解着对方表情上和动作里所要表达的内容。我按照自己先入为主的意愿去解读了他们给我的回复：湖畔安全，可以进去。再次合掌鞠躬向老人家致谢，然后就心无旁骛地朝湖水的方向和草甸深处大步走去。

走了没几步，听到从身后传来阵阵吟诵的声音，回头一看才发现那祖孙三人也跟着我一起走了进来。兴许是年轻的小哥俩会错了意，误以为我向他们发出了邀请，所以拉着奶奶一起随我穿行进来。如果真如我猜想的这样，那这一错可算是正合我心意，又有旅伴与我共享一段高原上美好的湖光山色了。

我们一行老少四人背着暖融融的阳光漫步在茫茫的草海里，老婆婆几乎不停歇地在行走中持诵着经咒。我和小哥俩很快就拉近了距离，边走边拍照，玩得不亦乐乎。大家时不时地也会来几句自说自话，都知道对方也听不懂，只是在无意识中表达着一些倏忽即逝的感觉和体会。偏远和落后与精神思想的深浅乃至价值都无关，时尚的城市里几乎感受不到这种来自纯真的触动了。尽管在表达和理解方面我们处于两极，但在彼此似懂非懂的眼神里却总能找到一些面对这神山圣湖时内心深处所发出的共鸣。当我凑到老婆婆的身边拿起手机，要和她一起拍照的时候，原本庄重的诵经声便戛然而止；满面的皱纹里就会很自然地绽放出一脸活泼泼、充满着童趣的微笑。看着屏幕里我们的合影，不禁要从内心向自己发问：这是在何等天然素朴的灵魂之下，才能盛开如此纯洁无染，如雪莲般珍稀的笑容啊。

藏民的朝圣之路从当下到永远，都遵循在自己的心路之上，念念不忘地关照着自己的起心动念一路走过，途中容不得丝毫急功近利的贪着。面对这些至真至诚的人们，我连深刻剖析自己的勇气都丧失了。虽然身在圣域，心却依然被浮华、被欲望、被焦虑、被身外一切原本就不属于我的世界驱驰着，熬煎在人生的苦旅之中。

前方传来哗哗的水流声，在空旷的高原上掀起了一波小小的热闹。自从进入纳木错以来，还是头一次听到如此有力量感的击水鸣石之音——是一条湍急的大河挡住了我们的去路。不知它从何处而来，只看到它欢快地奔腾着，顺河床而下一直流入纳木错湖。身后的祖孙三人估计也没有想到，怎么突然就凭空横出如此宽且急的一条大河来。小哥俩面对哗哗飞溅的水流时，用迷惑的目光看着我，似乎在和我索要一个解释，又好像在询问我这该如何是好。都是因我胡闯乱撞，才使得他们祖孙三人跟着绕了这么大一圈。而我现在可做的只能是难为情地憋着发烧的脸，抱歉地对他们摇摇头、耸耸肩，算是给了一个空白的回复。我随即转身观察了一番河床上下游和周围的环境；又仔细地查探了一下河水的深度，最后依然得出一个无法逾越的结论来。看来我们只得放弃在湖畔行走的幸福了，必须重新返回到环湖路上。回过头来正要向他们做这个虽然不合理，但在目前看来算是唯一可行途径的示意时，才发现两个小伙子正在把已经脱了的鞋和外裤绑在自己的背囊里。难道他们是要蹚水过河吗？老婆婆看我一脸茫然的发愣状，微笑着拍了拍高个小伙子的背，接着用手杖指了指我。这个黝黑的大男孩笑嘻嘻地快步走到我面前，后背朝我弯下了腰。哦，天呐！我这才明白过来，老人家是要他先背我过河。阵阵热浪再次从脖颈涌上面颊。是因了我的缘故才让年迈的婆婆走了那么多的冤枉路，已经令人难堪不已，面对这座如牦牛一样健壮的脊背，我是如何也扶不上去了。赶紧拉起小伙子把他推到老人家身前，帮忙将婆婆扶在他的背上，然后目送着祖孙三人一步一趔趄地踩着水花蹚河而过。在河的对岸我们相互挥手告别。

草甸子里找不到可以登高远望的丘岭。本来想和他们一起蹚水过河，却担心被河水中的砾石割破双脚，或发生别的意外。可我也不愿意去走回头路。只好独自顺着河道一直逆流而上，去寻找环湖路。最终直至看到环湖路也没能跨过这条大河。

环湖路上有桥，倚在桥头的栏杆上喘口气，喝口水，再定一定神吧。虽然桥很高，只是我的心思已经不在于极目远眺了。透爽的微风里我让自己的目光跃下河岸，迎着河床欢腾而下的浪花奋力地逆流而上，我还是想要探寻到这水的源头来自何方。

这水流的力量真是不容小觑，疲劳的有些散淡的目光似乎遭遇了前所未有的阻力，又被聚拢了起来。那是虚空里的一股无形、激烈、澎湃的气场；一波涌动着一波，一浪冲压着一浪翻滚下来，若想向前向上再多延伸一眼，都得拢足了精气神去与之搏击。好在沿途的河岸处还蜿蜒着一些小山坳，可使已近乎焦灼的眼神能在时隐时现的缓冲里得到片刻的放松；人与自然在精神上的胶着对抗亦暂时得以舒缓。渐渐地，沿着那些起伏，整条河道都隐没在远方的群山之谷了。呵……终于可以长吁一口气了，将瞳孔里散发出去的犀利劲儿都收敛回来，平和地顺着那苍翠的山谷徐徐而上。越过一座座峰峦；绕开一朵朵云花；一直攀上玉色的峰顶——那水的源头。

噢！不由地暗叹了一声：好雄健的一座雪峰啊，巍峨地立在那里，如极星般被众山拱之。

从拉萨来的路上见到过他。只是在一晃而过时，远远的隔着车窗匆匆遥望了一眼，可就只此一眼，他已深深地岿然傲立在人的情怀深处了。念青唐古拉，浪漫的名字里充满了远古的诗意；被千万年的苍莽和厚重支撑着，托出一身渊渟峻秀的英气。他如一部圣洁的史诗稳稳地嵌立在天地之间，伴护着柔美的纳木错和湖畔的葱茏万物，还有在朝圣路上款款而行的有情众生。

无怪乎面前的大河是这么的桀然傲烈，原来它也是出身于天地之贵胄，得了那千年积雪和万年冰川的正统啊。

在环湖路上行走，相比草甸子里能平坦许多，最重要的是无须再有草海中踏空崴脚或是陷入泥沼的隐忧。而最大的弊端就是要随时驻足屏息以避飞尘，否则这一路过去，从鼻腔至气管再到肺，整条呼吸通道都会被飞扬的尘土完全阻塞并灌满。特别是有车辆飞驰而过时，还得小心提防着飞迸起来的碎石子对身体造成的伤害，那也是令人紧张的小事故之一。独身行走在这片人迹罕至的高原上，必须得从仰首或俯察时的思考里划分出一些精力，来保证身体内外的绝对无恙。

在枯燥劳累之余，坐在路基下的草地里休息片刻，也是一件很惬意的事情。现在正是草原上鼠兔横行的时节，按说它们在藏北的高原草甸里应该算是一大祸害。但是对于我来说，这些机灵的小家伙们却能为我的旅途中增添一些不小的乐趣，不知道它们是不是在所有的非同类动物面前都会像在我面前那样，表现出那么坦荡的无所畏惧。

在我坐着休息的地方跑过来两只灰色的鼠兔，它们围绕在我的前后左右，连蹿带跳地活跃着。好像故意要施展出各种不安分的动静来吸引我的注意力。其中一只甚至从我脱下来晾晒在一边的，对它来说巨大且神秘的徒步鞋里钻了进去，但很快就被鞋里浓郁的脚汗味给熏得回了头，立在那里用细小的爪子快速地擦抹着尖尖的小鼻子，然后一脸呆萌不知所然地望着我，好像正在酝酿着一个疑问——那里面发生过什么？呵，若不是怕惊扰了它，我肯定会被它滑稽的样子逗得笑出了声。于是撕下一小块面饼，慢慢地朝离它最近的地方试探着放过去。尽管已经拿出十二分的小心，结果还是被它误判为不怀好意的糖衣炮弹，小脑袋一闪便一溜烟窜进浓密的草丛中不见了踪影。哦，多么可爱的小生灵啊，它自己一定不会意识到，此生是被上天划分为祸患一方的角色而面世的，真是可惜了那一脸令人恻怜的无辜相。

（三）

前面不远的地方闪出一座高大威猛的嶙峋山影，与湖水相接，横在路的尽头。上面飘满了五彩的经幡和风马旗。我大致计算了一下自己走过的里程，初步判断那一定就是嘎姆拉山口了。只要进入藏地，在每一个险隘的山口或者河道，一定少不了有经幡和风马旗（印着各种经文咒语的小旗子，藏族同胞用来祈福避邪，也被称为“隆达”）的点缀；当然，说成是点缀，仅仅是我——一个俗人的浅陋认知。因为那飘扬的五彩经文里，含有经年累月的朝圣者们为自己和家人的祈福，同时也在向天地神祇表达着自己的一腔敬畏之心。

在山口脚下的大帐篷前看到了仓多的摩托车和我们的行李。掀开帘子探身进去，仓多正在里面喝茶抽烟，和一群藏民聊得甚欢。他一看到我就起身迎了上来帮我卸下随身的行装，然后转身去倒茶。我赶紧拉住了他，从大背包里取了哈达和经幡，双手合十向他示意：先带我去山口处朝拜吧。

按照藏地的风俗习惯，先献上一份对大自然的恭敬，以祈求自己在这次的旅程中，能够获得此方山水的护佑而顺利圆满。我眼中那个离经叛道的仓多，这时也表现出罕见的认真；他帮我挂好了经幡，又与我合作堆砌了一座玛尼堆（也被称为“神堆”，藏语称“朵帮”，是垒起来的石头之意。在藏地有祈福、驱灾、避邪的意义），然后将我们带来的哈达围系在上面，还表情专注地低声吟诵了几遍经咒。可能是已经习惯了那个玩世不恭的仓多，总觉得那些经文从他的嘴里诵出时，也沾染了他的几分顽皮；就好像高原上的童年们随口而唱的歌谣一样，带着一股子令人心生欢悦的悠扬和天真。我想：能够给人欢欣愉悦的，才应该是一切经咒流传至今的根本；才应是先贤圣德们的初发心吧。

我站在旁边的山石上用尽力气将几叠隆达朝天穹抛撒出去，山风漫卷着那些五颜六色的纸片，就像彩色的雪花在蓝天碧水之间飞舞着，带着我的心愿和祈祷……

山口对面的水岸边紫气缭绕，是煨桑炉里的松枝、柏枝和拌着桑面燃起的霭霭云烟。有一些虔诚的藏民在旁边献酒洒浆，诵经祷告。我远远地感受着他们专注的仪态，不由地思索着：这些躬身屈膝，五体投地的叩拜仪轨里，到底蕴含了多么虔诚的神奇力量，能打动这山的怜悯和水的慈悲。无从推测脱离了仪轨的修行会产生什么样的后果，但是如法行过之后，心也就安了。

我愈加体会到脱离了语言交流的优越性，以及这种原始天真的沟通方式所带给我的快乐。繁简相杂的手势伴着焦急或淡漠的眼神，只需给对方发出一个大致的信号就好，不必在意类似语言里的琐碎和周详。旅途之中，处于一段能让人彻底放松的、自由的时空是多么的重要和珍贵。而我更想说明的是——我们日常的言语交谈中，到底有多少内容能够准确地传达出自己最初始的意图？又曾有多少冲突，是发生在源于对彼此言辞的不解与误判上？那么多令人遗憾的误会到底是出于言者含糊不清的表达，还是听者对其有意或无意的曲解呢？越是贴心的话儿往往愈发接近暧昧，说着说着味道就变了；人情也淡了，彼此的心底世界随之也乱了。不过，我还是要由衷地佩服和向往那些拥有一副好口才的朋友们，不善言谈已经令我的唇角多年没有腻味的甜蜜感了，苦辣艰涩的交流方式如寒冰一样把自己封存在现实群体之外。以至于即便在现代城市的生活中，也能让我嗅出遗留在自己灵魂里的那股荒蛮未化的气息。无怪乎我能如此迅速地适应，并融入这藏地的山水草木和高原上的冷暖人情之中。

在帐篷里稍做休整之后再次出发。临走前无意中发现门口的桶里竟然储存了一些新鲜的萝卜，真是个意外的惊喜。赶紧拉来仓多指了指萝卜，向他表达了我强烈渴望的意图。仓多和帐篷主人简单地沟通过之后，回过头来向我做了一个“请”的手势。我便毫不客气地拿了几个塞进大背包里，还给自己随身也装了两个。充分利用了因语言不通而造成“误判”的优势，把仓多那个“请”的动作理解为——“随便拿，别客气。”待发现他们两人都目瞪口呆时，赶紧掏出一些钱来不好意思地轻轻搁在旁边的桶盖子上，低了头掀开帘子抢身遁去。

我可以十分肯定地明白：在这个地方，钱绝对不是万能的。

接下来的行程依然违背着仓多的指示，出帐篷走了没多远就果断地离开环湖路。其实这里的湖畔已经没什么草甸子了，是灌木丛、杂草、沙土地和碎石子混合而成的另一番天地。太阳的火辣劲儿还没有完全显露出来，但已经味道十足。湖面上映出了最正宗的天蓝，朵朵白云的倒影被偶尔荡起的涟漪里所泛出的粼光衬耀着，优雅如冰清玉洁的飞天圣女飘然而过。如果安静有一个限度的话，那此刻则已达到这个限度的极致了。湖边除了没有车辆带来的含有尾气的扬尘之外，其余的艰苦都是超出在环湖路上行走的。若按照城市生活中精细的核算标准来计较，那这里每迈出一步的力气足可兑换到环湖路上三步的距离。可即便是面对如此差距的“亏损”，我依然如着了魔一般锲而不舍地低头跋涉在这片松软的沙土沟壑中，没装多少智慧的脑壳里满溢着憨直的倔强。

忘记走了多久，途中出现的各种复杂地势如灰白相接的幻境一样，把人从湖边越推越远，待到发觉时，湖水已完全消失在人的视线里。确切地说应该是在不知不觉中，纳木错如我舍弃环湖路那样舍弃了我。周遭已经没有多少可供给我希望的绿色了，放眼过去只能见到几丛披满了白色尘土的灌木顽强地趴在沙土丘上；热风拂过时，似乎能听出它们孱弱的喘息里伴随着沉沉死气的呻吟。太阳挟着热浪从天的正中央不带丁点犹豫地烘射下来，自头顶的梵穴而入，点燃了人全身的暴躁。培植了一个上午的安然谐静正在悄然褪去，莽莽荒原为朝圣者设置了一路布满了磨砺的道场。

风总是在最“合适”的时候呼啸而至，那是一股接一股的炎炎烈焰，一遍紧着一遍地刮蚀着我体内的水分。骤起的沙尘如魔王驱驰的幽魅一样黑压压地卷袭着，飞快地旋转成炭灰色的丝丝缕缕，如一只只巨大的沙茧，争抢着把人团团围裹起来。恼怒、诅咒、抱怨的细胞在这些黑色的沙茧内又获得了重生，并狂肆地炫舞着。我被逼迫着不得不停下脚步，抑制住所有的负面情绪；咬紧牙关慢慢地蹲下身子，让自己努力地进入意识的最深处，看看在那里是否还能唤起一些存留着的清明。长久的眩晕散开之后才逐渐又清晰起来，我知道自己还没有澄寂到遇见“真如”的程度；大地也没有如期显现出经典中的震颤，幸运的是那带着魔性的沙尘暴却已经消逝得无有踪迹，唯独烈焰灼灼的骄阳依旧若无其事地悬在上空，令人苦恨交织。

终于，看到一条河出现在叮满了碎砂砾的土脊坡下，水流很小，准确地说应该算一条绵薄的小溪。但是，绝不可轻视了她微弱的流淌，那涓涓细流里淌着的依然是来自雪山之巅的高贵血脉，足以濯清我此刻身心内外的昏沉。沁澈肌肤的清凉可以浸透人的心神，润熄了随着魔欲燃烧的妄火。如噩梦幡醒般，我照见了真实的自己；环顾四周，哦！我已经迷失得太远，该去寻找生命的正途了。

还是顺着小溪逆流而上，这条静悄悄的生命之源虽然少了激荡如虹的气势，可在眼前这片四野荒芜的土地上，却如上苍示现的一条生的轨辙，导引着迷途中的旅者。

首先看到的还是桥，在桥的另一边有大块的草地、延绵的群山和山上青褐色相接的峭壁，再往上便是超逸俊朗的念青唐古拉。满世界的绿色、褐色、青色，还有那至纯的雪白扑面而来，干涸了大半天的生命在须臾之间就被充实的丰采饱满。我真实地觉触到，并惊叹于大自然中这种使人精神重振的力量，但我却不能确定我是否该把所有的感恩之词都用来歌颂它们。我知道，使我们成为高等动物的智慧也总有它不完善的一面。人们总是习惯于将那些对自己有过帮助或惠泽的事物放入自己感恩的篮子里，而那些通过不停地制造障碍或麻烦去磨炼自己、强大自己的事物却总被分别出去，抛置于经久不化的冷眼之外。岂不知这天地人间，痛苦才是快乐之根；枯萎才能焕发荣生；缺憾正是圆满的源头。

如果事实真是这样，那我此时很有必要发出一些迟到的感慨：感恩于那些在途中让我苦不堪言的“施暴者”们，如烈日、荒原、狂风、沙暴、飞尘以及自己满腹的低级脾性，是它们渐次往复地使我坚强无畏，并为我播下眼前这片给人以生命活力的种子。

（四）

从我的身后驶过一辆越野车，停在前面不远的地方。车上下来一对中年夫妇，倚靠在路边刻着经文的玛尼石上拍照，背景是远处念青唐古拉的雪峰。走近时让我帮他们拍了几张合影，将雪山、经石与人和谐地融合在他们未来的回忆里。简短的交谈中得知，他们也是专门从青海赶来转湖的，徒步朝圣一直是自己的梦想，无奈受到体力和时间的制约，就只好以车代步来圆梦了。对于在途中所遇到能身体力行的朝圣者，则表示出由衷的羡慕和钦佩。我本来想客气地谦逊几句，终于还是没有说得出口。拿自己所拥有的、别人渴望却不可及的优势来装点门面，总不算个厚道之举。在相互祝福道别之后目送他们消失在黄昏下的烟尘里。

高原戈壁上最鲜艳的色彩，除了经幡，莫过于这些刻于路边玛尼石上的六字真言了。庄严醒目，亦活泼平实；它们是经文，是风土，也是一道景观，更是天地人神之间沟通的密码，一个民族精神信仰的核心。

关于信仰，我还处于混沌的状态中。每天，我都在自己的脚步与喘息间更新着以往面对朝圣的概念和理解，我也总是不忘参照着经典里的记述，时刻强调着自己——笃守自性。

纳木错就是上苍留在凡间里一个筑梦的摇篮。微风拂过湖面，低吟起醇厚的乐曲，熏沐着置身于梦中的万物苍生。日月星辰都漂荡在梦中的湖水里，冰山雪峰也舒展开雄鹰的翅膀；孤傲的雄鹰啊，梦里都在振翅翱翔，把那山河大地尽览于眼底。

高原上的地势环境就好像一座天然影棚里的布景一样，翻过一道丘脊或是转过一条坳沟，都有可能触碰到更换画面的机关，而每次更换的内容又总是出乎人的意料之外。

爬上一段漫长的山坡，即是一面全新的景象在眼前铺陈开来，那里有大片的草场、成群的牛羊与河水的波光；浓淡相融的烟雾里，几顶白色和黑色的帐篷隐现其中。更远处的牧群密集且散漫地朝帐篷附近移动着，偶尔会传过来几段沙哑的狗吠声，疲沓地搅动着草原上的宁静，吠声过后，夕阳下的高原牧场更显得安详空寂了。仓多斜靠在大帐篷前的草地上懒散地喷吐着香烟，晚霞给他古铜色的面庞晕上了一层透光的酒红。顺着他的目光遥望天际，哦！此刻被映醉的不仅仓多一人，落日前的霞蔚云蒸早已让整个世界都沉醉其中。

今天行走的里程止于42.88公里。一直不愿意被这些“成绩单”式的东西所束缚，但是人世间叫人攀缘的印痕已勒得太深，如何“松绑”或许也是修行路上获得新生的大般若智慧之一，否则俗难的苦海哪里才是岸头呢。

环湖散记

四、悠悠吟诵

（一）

闲暇的时候，我也喜欢读一些佛经，尤其喜欢经文里的诗词偈语，经过历代高僧们的潜心研习和翻译，句句讲究到位且不失文辞的优美，读时令人如饮山涧的甘泉般清爽。佛家认为：对清净心最大的干扰基本都源于人们自己部分的思想意识。经文中就给这种“干扰源”定义为不请自来的“客尘妄想”。这真是一个传神的定义：一切妄想杂念都是尘，是客，不必去理会它们；无所从来，亦无所去，只需自守主人的本真，即得无上清凉。

但我的思想好像天生好客，一不留神就被那些“客尘”拉着到处游逛迷惑了方向，脑子里总是妄想丛生，嘈杂如哄哄集市。因此，我经常会羡慕那些从未启动过思考模式的人们；羡慕上天让天真和快乐贯穿了他们的一生，是那种已经简约至开悟般的空明和纯净。

纷呈现实的土壤里几乎没有多少大自然的养分提供给人们了，信息大爆炸的智能时代将人们的思维范围扩充到无限精彩。同时也让沉稳的睡眠愈加难得。昨晚我亦升华到一个思想停滞的痴人境界，整夜都处于连翻身都省了的深度熟睡中。不仅如此，还把梦的内容也遗落在了梦里。依稀只存留着一点在闭上眼睛时的那一瞬间的影像，身体即坠入云雾之境，连意识也化入虚空；刹那之际，现实世界里的一切动静皆与我无关了。这不仅仅是睡眠的最佳状态，更体现了连日里的苦行给人带来的最大益处：它收摄了所有散逸在潜意识里的尘影妄缘。

凌晨，先被仓多推醒，紧随着就听到他闹铃般地叫喊。我从迷迷糊糊的蒙眬中逐渐地清醒过来。周遍浑身的酸楚与麻木让我肯定了身体的存在，那种感觉可以让所有来自肌体的紧绷都得以转化，转化成为一种任性的通透。伸出双臂，使劲地将四肢百骸都伸到极限，包括让每一次的呼吸也深深地沉入无息的状态，任它清晰地经过体内所有的细胞，去感受那种由疲劳延展为裂变，接着再孕育出新生的过程。在这样一个睡眠饱足、慵意绵绵的清晨里开启一天的朝圣之旅，无疑是令人轻松和愉悦的。

从巴里村出来，天已经大亮了。两天的行走让人愈加地喜欢上这种在清凉的早晨置身于高原草海中的感觉。朝阳柔软地附在人的身后，我好像是半倚在它的怀里被它轻轻地推着，缓缓朝前移动；背了满满一背暖暖的踏实。我甚至已经体会到：人一定要催发出毕生的、最纯真的情感来，才可不落遗憾地享用这一天中最美的晨晖。

牧区的草甸子深可没膝，青草茎根的深处已经被牛羊踩踏出无数的沟渠。在这个茎肥叶茂的季节里，表面看上去是平坦的一整片郁郁葱葱，但人在其中穿行则是百般艰难。先不说那密不可测的草林里隐藏着多少不能预见的危机，单这深一脚浅一步的走法就足够叫人损耗掉不少的精力了。可是又能如何呢？总得为自己所贪恋的这一片繁盛的青翠，还有雪山脚下那一池诱人的湛蓝付出一些代价吧。要我说，在这贪着面前，万物的智商都得乘以零。只需动一个小小的贪念，即可奋不顾身地去跨越命途中的一切障碍和担忧。当然，那些可阻止我们萌发贪念的障碍，实则为一道最忠实于自己的警戒。可是惹眼的繁华挡道时，又有几人能得以正解那些表相可恶实则慈悲的屏障，而去及时修正自己的贪婪呢？所以也难怪，那贪欲能位居“五毒”之首了。

远处传来一些犬吠声撕开了湖畔的宁静。清晨的牧区里遇到这些只闻其声不现其形的吠吼，属于稀松平常事，本是无须为之惊慌的。很多时候，它们的吼叫也正如城市里的宠物们一样，仅限于职责范围内的任务所迫。干号几嗓子，待主人听到并肯定了其的工作状态之后，便可继续埋头大睡了。然而今天的情况却与以往大不相同，那越逼越近的嘶吼声里混杂着好几种不同的音调，接二连三地，一声压过一声，我已经听出其中掺和着它们要认真地大干一场的责任感来。

莫不是遭遇了居无定所、无人宠爱且自力更生的野狗群？我的发根撕扯着头皮，向我提示着危急的信号。遂赶紧三步并作两步地奔向环湖路。在我看来，哪怕因为剧烈运动而引发高原反应，也好过被那些恶犬活剥在草林里的沟渠密处。所幸今天进入草甸子还不算太深，待爬上环湖路的路基循声观察之后才看清楚，在草海的深处，几只身着黑白各色的大狗正朝我快速地游弋过来。虽然还有些距离，但是目测它们在那草海之中飞奔或鱼跃的矫健身姿，此刻即便是跨上苍多的坐骑，也难以甩脱它们的猎袭了。持续片刻的恐慌之后，我强行地让自己镇定下来，放弃了一切能想得到的逃亡方式。有过被狗咬经历的人都知道，那样不仅无济于事，还会更加深入地刺激到狗儿们围狩的神经。索性横下一条心，爬上一座较高的土丘，捡了几块石头围在脚边——算是用来投掷的武器，但双手却只是紧紧地握住登山杖，而忽略了那些石头的作用要远远大于手杖。似乎已经做好了一场殊死搏杀的准备，唯独少了一把冲锋的号角，但转念又想：即便给我一把号角，此刻又向何处借得来吹响它的勇气和底气？！只好在紧张恐惧中一遍接着一遍地大声吟诵起“唵嘛呢叭咪吽……”

这是几只穷凶极恶的家伙，一路奔袭而来，根本不做任何战前思想准备，准确说应该是用不着。像几个劫道的绿林一样散开在路基下的草地上，它们围成一个扇形的阵脚，冲着我连扑带嚎地发起了第一轮冲锋。虽说仅限于气势上的冲锋，但那种龇牙决眦的疯狂已经让我惶恐失态，不能确定自己朗诵的声音是否还在持续。只觉得心房里如同被塞进几个巨大的能量泵一样，心脏横冲直撞地将要迸出人的胸膛。

恶狗们一直持续着叫阵式的狂躁，除了在路基下凭空地扑跳发威，也并无发出实质性的进攻。僵持了几十秒之后，我开始逐渐冷静下来。哦，这些个好汉看似虎虎生威的凶悍里，少了一些围剿和必杀的坚定动机；它们也在试探中犹豫着，等待着看到猎物慌不择路地逃亡的那一幕出现，那才应该是它们最佳的猎杀时机。而我的强撑恰恰就是目前最好的防守，也让它们眼中那种要撕裂的残暴气焰渐渐褪去，由最初的腾腾杀气转变为对我瞧不上眼的蔑视。

路基就是一条人与自然的分界线，将我们划分在各自的领地。我似乎又进一步明白了它们的意图：直立行走的朝圣者并不是它们理想的早餐，一路追杀只为将其赶出自己的领地；疯狂的嘶吼应该是它们对自己主权的宣誓。片刻的观察使我更加地镇定了下来，干脆闭上眼睛如临无物之境，恢复了先前的诵读。只是自己也搞不清这种方式，到底算是泰然不惧的主动对抗，还是另一种听天由命的消极避战？！

幸得菩萨护佑，最终它们还是彻底停息了自己也意识到毫无意义的疯狂，在抖尽了所有的威风之后，一只只拖着嘶哑的余音悻悻离去。

阳光如格桑花瓣一样，轻柔地旋转着飘落在冷汗津津的身上，亲情般抚慰着惊魂未定的每一个细胞。犹如度过一小劫的我这会儿才想起藏地的一个传说：在朝圣的途中如果遭遇群狗的袭击，那是对往世业障的消除，属于一种殊胜吉祥的预示。如果真的如传说所示，那我真该为自己刚才的惶惶怯懦而羞愧一场了。愚钝的心智让我误会了这场殊胜的因缘；内心的怖畏覆盖了清净一念，让人迷失在湮没了真相的嘶吼声中。

越过这场激烈的惊险，本能的意识使我停留在一段异乎寻常的专注里，不知是因了自己能全身而退的幸运，还是另一种惊魂之后的暂时收敛。环湖路上依然是尘土飞扬，而我已经从先前的那种对未来的憧憬与幻想中脱离了出来。仿佛从来都没有如此切实地贴近过这片土地，并融身于其中。就连那些飘进口鼻内呛人的尘粒也不再危害到我的脏腑。它们更像是无数鲜活的普世智慧；它们逼迫着我作出一些必要的沉思；它们一点也不逊于过去所学到的任何一种知识所带给我的受益。这才是最纯粹的沉寂，也源自混沌，却含有着无上的觉知。思想正从过去的陈腐中尝试着蠕动起来，接受着觉醒的呼唤；一种全新的思维体系已在衍生，正改变着我的现实观。脚踏实地的行走原来可以使人如此的安然从容，每一步都会踩得坚实有力；每一步都在踏穿那些覆盖了生命真相的浮华。这是一种稀缺的智慧，与聪明以及才能无关。它大道至简，只从最卑微实在的那一端去挖掘出生命的真谛；它存在于宇宙中所有的生命之内，又不屑于高悬的清冷或漫世的缤纷；它悄声无息地渗入我们的精神和血肉。当抛开一切无知幻想里所期望的那些世界，我看见自己正被新思想的风——吹散在三千大千世界的微尘众中。

（二）

转湖的过程里，沿途的寺庙尽可能地不要错过。先把信仰的事情放在一边，我觉得遇到的每一座寺庙，都是苦旅途中的一次小结。这里可以做一个小的休整，洗涤浑身的尘劳；也可以坐在台阶上思考着自己行走的意义，让一切的经历都能散发出成熟的味道，而不再是浅显、青涩和盲目的。

在通往古琼寺岔路口的指示牌下，我看到了仓多，准确地说应该是仓多在那里等着我。他省去一切可能造成误解的烦琐，直接指了指路边分别用汉文和藏文写成的指示牌，然后双手合十做了一个恭敬的朝拜动作。我们之间已经逐渐适应了这种避开交谈的交流方式，原始的肢体语言让彼此的相处更加自然。而仓多现在的表现也令我满意到感动。寺庙有点远，在目所能及的远山脚下。为了节约时间和体力，仓多把我们的行李都卸下来寄存在岔路口的帐篷里，决定骑着摩托车带着我前去寺庙。第一次坐着摩托车奔驰在这片荒野丘岭上，除了感受着那种颠簸带来的刺激，还不时地担忧着我们的坐骑：它会不会不堪两个人的重负而散架在这延绵的山脊之间。毕竟这山路太崎岖坎坷，而仓多的摩托车所经历的岁月则过于年久。

古琼寺始建于大约公元八世纪，初期为藏传佛教宁玛派的寺庙。建成没多久就毁于蒙古兵的战乱。战争平息之后经过修复，即改换门庭成为萨迦派的道场，后来不知什么原因又阴差阳错地回归了宁玛派，据说中途还由噶举派主持过一段时间，在此修行布道和讲经传法。这种反反复复的更换轮迭一直延续到十九世纪前后才最终确定下来，寺庙的所有权以及教理学说的传授权，依旧归属于宁玛派并一直主持至今。真是众生折腾，搅得佛菩萨也不得安宁。本意是为尘间设立的一处清凉之地，以助天下苍生悟得自在，同抵彼岸；谁料却因世间的欲壑难填，战乱涂炭而引发了教派之间的争执不断。无论是何派开山，何宗传道，那寺庙不过就是一个积德养正的清净之门，里面供奉的终究都是释家正统；尽管经论观点有所差别，但“是法平等，无有高下”（意为：一切修行的法则都是平等的，没有高低之分，只要坚持正念和善良，则可达殊途同归），何苦非要自屈尊驾去卷入那些只图虚名俗利的纷争中呢？我为自己的父母亲情在佛前供养了一百零八盏酥油灯，清洁出最虔净的心念来为他们祈福。其实，也知道佛在乎的并不是那一百多盏酥油灯，佛的世界里只需一颗洁净无染的赤子之心。一直以来，我也常常怀疑着自己在信仰面前初发心的纯度，也难得去想那里面到底隐藏了多少源自欲望的动机。当我们不能把握现实境遇的时候，首先想到的依靠，往往就是那个自己所朝奉过的万能之主。不敢去深究每一次的瞻礼叩拜中包含了多少向佛菩萨索取的念头；每一份的布施供养之内，又掺和了多少希求谋利的寄望。然而，怀揣着这么一颗目的明确的有所求之心，又怎么可能获得圆满正果？正如一些依靠踩踏着贫困的尊严去获取名利的“善举”，最终也只会结出为善而不善的苦果。

仓多让古琼寺里懂汉语的喇嘛告诉我，他要去德庆镇给摩托车加油，顺便就在镇上等我会合。我觉得就我们目前的默契程度来说，这样的叮嘱完全是多余之举。难道是仓多也被我最初的那种琐碎安排所影响，正在潜移默化中改变着？我强忍着让自己保持平常的表情朝他点了点头，随之即在他身后飞驰疾去的烟尘里笑了起来。

广袤的荒野上，安静也可以是一种旋律，那是只属于孤独的音乐。即使在最初的粗略感观中，那律动似乎要显得单调一些，只因奏出这旋律的乐师就是孤独本身。其实，也无须因单调而烦躁，没有风格的铺陈或缜密的修饰才符合这圣域的纯净；更不必刻意地叩寂寞而求音，你往平凡的感情里再投入一些天真即可，它就会把这个世界上最美妙的声音奉献出来。环湖的砂砾路就像一道漫长的五线谱，蜿蜒起伏在荒凉的高原上，于是，那静也就一直随着它延伸到无限深远。一个款款而动的“音符”摇摇摆摆地挂在这条“乐谱”上；或激昂，或深沉，或跳跃，或狂奔，或停顿，或平稳悠然地向前滑动着，身后拖出一段自由欢乐的乐曲，这是朝圣者在旷野中最传神的创作。

安静的旋律中偶尔也会蹦出来一两段突变的“曲风”，那是拉载着不同人群的汽车。车上有本土的牧民、南北的访客和各地的朝圣者；它们疾驰而来时蛮横地冲撞着之前的寂静和散漫，路上即便已是黄尘滚滚，也不忘拉开车窗招一招手，抛出几声吆喝与欢笑；就好像现代和古典正在进行的一次精彩的变奏。只是每一次的精彩都会迫使我停下脚步，掩鼻屏息，四下顾盼。待扬尘散去，这一小节短暂的休止已为我营造出一个更加安静的高原；才发觉这一路的埋头独奏，让我只顾着凝神于那静的长度，却忽略了它的广度和厚度，是丰满广博又不失苍劲的雄浑与沉厚。茫茫高原极目所视之处，山石沟壑都无一不在这静谧中悠扬地律动着，又无一不是洋溢出生命的情感，并感染着万物的知觉，应该为之动容。

大约正午时分，在一个只有几户人家的小村庄外，我被一个刚从羊圈里钻出来的藏族姑娘迎进了她的院落。虽然一直在安静的曲风中思索前行，但我明白自己的专注度还没有深刻到令人头晕脑胀的境界，我应该是出现了轻微的高原反应。

这是在转湖路上遇到的第二个牧民聚居的小村落，有了木石结构搭建的藏式民居建筑。牲畜的围圈和厕所都打着结实的牛粪墙，安置于庭院之外，这算是被文明影响过的布局。从院内进来，有几间并排的房屋。最边上的两间屋子只留挂着锁的门，窗户是被封死的，应该是储存的仓库；中间窗明几净的正房才是主人起居或待客的地方。进入客厅，首先看到的是对面一排装饰了各色雕花漆画的藏式组合高低柜倚墙而立。柜子正中央的最上层有搭着哈达的佛龛和八宝供物，这里也是整个柜子里最整洁的一层；接下来凡是空闲的地方都塞满了各类零碎物品，以小吃、小饰品、饮料和方便面居多，看起来还兼着一个小货柜的功能。在这种偏远的牧区里，不少牧民家中都备了一些生活日用的货物，以供邻里之间或游走牧人的不时之需。靠窗的小木床上，一个婴儿被几只枕头围在当中，身上裹满了被褥；不能判断他是否知晓家里来了客人，只是嘴里吟着好奇的咿呀声，虽然不哭不闹，但两只乱舞的小手却在亢奋中撒着欢儿。很显然，这个带我回来的女孩也是一位年轻的母亲。她没有参照一般的待客之道来招呼客人，而是把我晾到一边，自己先从桶里舀了一瓢水倒在盆里，以极快的速度先洗手擦脸，简单地收拾了一番之后才回过头来，展开正式的接待程序。

令我出乎意料的是，她没有上甜茶或酥油茶一类的藏味饮品，也没有端来糌粑和牛肉。直接很肯定地倒了一杯白开水给我，然后以询问的表情向我做着是否吃饭的手势。我本想说：来碗素藏面就好。但是头晕脑胀的状态，已经让我失去了结合表情和手势准确表达的能力，估计我的样子已经疲惫木讷到滑稽的程度了。女孩笑着指了指空着的木床对我示范了一个躺下休息的动作，然后自己就出了房门。家里只留下窗边床上的小婴儿和这个刚从大路上捡回来的陌生人。我收起发蒙的表情，直接脱了鞋子和外衣，然后从旁边扯过一条被子无所顾忌地躺了进去。这里不需要多余的客气，淳朴的世界里没有矫情和嫌弃——这就是最好的沟通。

睡了不多时，高压锅上嗞嗞的排气声叫醒了我，这一小段的休息真堪称黄金睡眠了。好像躺在一个融修复功能和补充力量为一体的襁褓之内，在短短的一个多小时里，人的精气神就被充塞得满满足足。从排气阀喷出来的热气里全是久违了的稻米的清香，女孩在旁边炉子上的铁锅里利索地搅动着炒勺；旁边的案子上还剩着切开的半颗白菜。看来她还是从我那滑稽的表达中理解到想吃素食的意愿，但是没有拿简单的藏面来凑合这位陌生的客人。在海拔近五千米的荒原上，能吃到如此熟透了的大米饭和清炒白菜，即便是掌管着这一方山水的神灵，也不能随意地去奢望这样的礼遇。什么都无须表达了，恭恭敬敬地享用完这一顿善餐，就是对这些善良人们最真诚的尊重和感激。

按照以往在藏地的经验，这样品质的饭菜应该吃得狼吞虎咽，品得咂咂作响。但今天则不忍暴露出天性里愚鲁的那一面，尽力克制着，让自己认真地细嚼慢咽出一顿斯文的饱餐。又该起身继续我的旅程了。我想记住女孩的名字，向她示意了半天，她也没弄明白我的意思。她的灵犀好像仅限于给人纯真善良的帮助，却不善于将自己留在布施的功德簿上。情急之下，我的执着又撺掇着我的神经，给她拿出了我的身份证。她朝我恍然一笑，也从柜子里取出自己的身份证给我看。我猜想，她应该不理解我这样做的用意；其实，我也不太确定自己这么执着后面的真实想法。

此地名为“乡那村”，女孩的名字叫德吉央宗。如果认识汉字，她会不会也记下我来自哪里，叫什么名字？临出门前，我在桌子上留了一些零钱。自己也弄不清这其中的意思，但肯定不是出于商业性质的买卖或交换的心态。相对于央宗简朴坦然的招待，但愿这种财货相予不会搅扰了她内心的清净。出了院落走上环湖路，即有一股莫名的自卑感袭上心头。

这一路走来，才逐渐看清自己过去的人生是多么的糟糕和荒诞，即便是那些平常看起来从容得体的举止，也依稀含着从时代变革中沉积下来的残缺；那种残缺里有自我保护的成分，但更多的是自私或骄狂。今天，我在这些善良的援助和自己的过失中一边检讨自己，也一边宽慰着自己；是啊，错误总会使人成长和进步。上天在每一段生命的过程里，都安排了不少可以使人保持身心清洁的机缘，但事与愿违，这样的机缘也总是被人们轻易地含糊错过；通常都是在深深的反省和内疚之后，紧接着又会衍生出新的过失。习性、起心、动念，这些日常生活中很少去参寻的思想领域就是埋藏着那些痼疾的土壤，里面孕育着善与恶最初始的花蕾；待它盛开之后，那每一片花瓣都是一面永不开锋的钝刃，它会反复地磨砺着人们的意志，不给片刻的痛快，让人悲苦相煎却又欲罢不能，憋着满腹的难言之哀。

为了把中午在央宗家里耽搁的那段时间补回来，接下来的行程里，我一直处于匆忙赶路的状态。就只动了这么一个急功近利的心思，最终导致两只脚底都打起大片的水泡，传出的是那种钻、刺之类的疼痛。不过对于我来说，犯了这样的错误，实在是一种耻辱，毕竟也苦徒过那么些年，深知在徒步旅行中保护双脚的重要性。因此不敢表现出丝毫委屈，最多也就是咬咬牙根，向那些提醒我应该时刻保持着清醒的痛楚表示致敬。

（三）

下午到了德庆镇，镇口正在修建，空气里漂浮着工程机械的刺鼻排放和水泥砂浆的浑浊尘粒，让早已口干舌燥的朝圣者几乎要窒息在小镇的路牌下。爬上路边的山坡就能看到镇里的大致状况。镇子坐落在一个绵缓的山包上，通路的这边靠着更高的山岭，而另一边下去则是一片不太旺盛的牧场和远处的纳木错湖。我已经晕头转向不分南北，因此也就懒得再费力去辨别镇子的坐标朝向了。只看到几座低矮的水泥楼房冷清清地立在那里，一体的灰色将周围散落着的那些传统藏式民居连起来染成一片，于是，大家就一齐失去了最天然的呼吸。骄阳烈焰下，难以分出经过规划建设后的高原小镇在原始面前的优越性。可以看得出，自然环境的荒芜倒还有得治理，可怕的是眼界认知上的荒芜；它会直接催生着这世上所有不痛不痒的、完成任务式的生态建设；生产出一颗颗非健康发展的痼疾，那才是最令人心焦的。本来镇子的下面也有一部分牧场，铺满了鲜活的生命；这里的建设在规划上完全可以保留出更多绿色的原著民族风物，而非过多地沉迷于标榜着时代印迹的强行打造。然而，一次次外科手术式的改头换面让这里早已完全失去了纯正的藏味，在烈日的炙烤下像个遭遗弃多年的大厂矿，比原始的荒芜更多了一分不死不活的疲沓。

我想，无须再耗费接近枯竭的体能进到镇上采访本地居民的幸福感了，相信他们应该也不会喜欢和那些钢筋水泥的破败与死寂搅在一起；也更不情愿从自然的荒芜再跨入另一片不伦不类的畸形荒芜中去。在镇外的山丘上瞭望了一小会儿，没有看到仓多，就独自拖着疲乏的身躯下山返回到环湖路上。唉，这样一个来回的折腾，让我又多走了几公里的路程，同时也埋下了烦躁的种子。

行至镇子下面的三岔路口，多走出的冤枉路在脚下和伤痛汇合在一起，产生了强烈的化学反应；使得先前的痛楚在我的脚掌心更有力地钻进去，一直深到和心理上的猜测以及抱怨相互滋养着、刺激着，被无限扩大。我的向导就像一只自由的风筝，线轱辘始终掌握在他自己的手中，只能任由他带着我的补给海阔天空地到处飘摇。正当一筹莫展的苦恼又被转化为愤怒之时，仓多骑着摩托车打着喇叭从镇子的方向飞驰下来，停在我的身边冲我展开一脸故意的、标志式的赖笑。各种燥火拌着双脚的刺痛点燃了周身的血液，将人渲染成怒目赤颜，甚至已经产生了想和他痛痛快快地较量一番的冲动。我挥舞着手杖冲他发出挑衅的信号，并用力敲击着旁边的石头以向他示威。但是苍多并没有接招，他神情若定的冷静再次出乎我的预料，他用眼神告诉我——不想和你计较。

看来他不觉得自己的表现有什么不妥。

事情的本身没有对与错，只是我看不到自己心理上的阴暗面到底有多深，怎么就能容得下那么多的戾气。苦难再次成为爆发的导火线，心理上那种受不了半点慢待的矫情，像是孕育着的一个怪胎般令人作呕；来自书本里关于文明的修养，成为遮掩骨子里粗野的遮羞布，让经历了文化熏陶的野蛮比原始的野蛮更加的丑陋。

烈日下的高原，连风也被蒸发得无有踪影；四野干涸。我还被发于自身的烈焰熬炼着，那是一种比曝晒更加残酷的煎熬。隐隐有一种渴望从心底向上涌起并一直攀爬着，却不知道真正想要的是什么。

打破僵局的依然是苍多，他拍了拍我的肩膀：

“喂……”

我回过头顺着他手指的方向望去，远处的山坡上撑起了一顶巨大的帐篷，周围簇拥了不少的藏民。我用疑惑的表情向他询问究竟，仓多歪着脑袋，眼睛里好像被注满了奇妙的液体，闪烁出孩子般单纯的光泽，向上翻出一副天真的努力思索状；过了小会儿，他轻吁出一口气……才恍然合掌对我说：

“那边……帐篷……阿……弥陀佛。”

他竟然能想到阿弥陀佛，尽管说得不是很流畅，但也让我小小地意外了一下。我猜测他的本意是要说那边帐篷里有活佛的吧，担心我听不懂，所以绞着脑筋想出来这个汉人们都熟悉的佛号。

惭愧让人无法与那湖水般清透的目光对视，逃避一样，自己扭头朝佛的方向快步走去。

空旷的山丘上，帐篷是专为祈福的法会而搭建的，崭新的篷布被阳光照射得亮白耀眼。成群的藏民们拥在门前的空地上，挤得水泄不通。探着身子朝里望去，正面的法床上是一个年轻俊朗的喇嘛端庄安详地趺坐于其中；有浑厚的梵音自他微微启合的唇齿之间传出，那是正在为参与法会的一切众生吟诵的经文。在法坛的四周陈设了一些法器和贡物，两边则拥坐着众多合诵经文或施行仪轨的师兄弟。我是第一次亲临这样的法会，自然不能错失这需要用心去体悟一番的机缘了。悄悄地俯身在这些所有的虔诚身后，静静地聆听和领受着这圣域里最最独特的天地灵文。

同样是佛音，从那溪山竹林之间清灵悠扬的梵颂呗唱，到这雪域高原上纯厚雄浑的绵绵密密，皆可引人进入一番境界；只是那境界内的景致却因人而异，大不相同。好似那种寻缘而至的心音，唯有缘分到了，耳根才能被它自然地叩开，接纳并送入灵魂的深处与之相和。

汉家的佛音，也如汉地的青山秀水一般净静绝逸。自贤者们的口中源源不倦地涌出，无所留住又安详宁谧；可在闭目凝神间闻之思之，于不觉时，在静默处，一颗负荆累累的尘心就已受到那天籁之吟的柔润而晶莹通透起来。相比之下，在这藏地高原上的雪山绿草之间，那经咒的吟诵就是另一番境界了；它或可称之为一种唤醒！好像是来自世界屋脊之上最深层、最肥沃的土壤；抑或是历尽艰辛地穿透了另一个时空，才传回来的更具深蕴的心灵波震；又如苍穹之上，遥遥虚渺处隐隐而发的灌顶之鸣，一波接一波，空灵地呼唤着——还在那茫茫无明中昏沉的一切有情。

群山、湖水、青草、牛羊、牧人和我，无一不受这延绵不绝的“呼唤”而感动；连那蒙之于灵魂之上沉积了许久的尘埃，也开始渐渐松动起来，簌簌脱落，吞吐出胸襟开阔之后的气宇昂然之态。

大帐内的说法诵经结束后，主持的喇嘛依次为每个进帐内叩拜的牧民摩顶祈福。在帐篷外站着两个年轻的喇嘛，一个手里端着一盆糌粑；另一个捧着一只骷髅碗，碗里盛着大半碗类似酸奶一样的乳浆。盆里的糌粑都被年轻的喇嘛揉成一颗颗蚕豆大小的小药丸，递到每个人的手里，然后由旁边的喇嘛负责舀一勺骷髅碗里的白色乳浆，给吃了药丸的人们灌进嘴里，以助其吞下那药丸。那个捧着骷髅碗的喇嘛会一些汉语，他看到我在疑惑中犹豫着要不要吞下药丸时，笑着对我说：

“吃吧，没事，里面有活佛亲自制作并加持过的藏药，吃了可以保平安。”紧接着又舀了满满一勺自己骷髅碗里的乳浆，没等我反应过来，就连着半个勺子塞进我的嘴里。我只好皱着眉头吞咽了下去。他又说道：

“他那个是可以治病和保佑你的药丸，我碗里的这个是甘露，都是有大福德的人才能吃得到的。”

不敢去细查自己浑身上下到底携带着多少不为已知的毛病，至少这个小喇嘛应该是看出了我不少的心病。

小喇嘛名叫秋丹加才。加才告诉我，他和他的师兄弟们都是据此四十公里之外多加寺的喇嘛，今天受邀专门来此地做法会，为这里的众生祈福。因为还有诸多藏民等在后面需要他们的赐福，我们只好在匆忙中约定，明天下午在多加寺等我。

我和仓多还有黄昏里的夕阳，一起缓缓地沿山路而下，在云烟弥漫的山脚下我们止于牧人的帐篷前；而夕阳还要翻过山脊继续西下，一直绕到世界另一端的东方。

在帐篷外卸行李的时候，我凑到仓多身边，本想就自己下午无厘头的粗暴表现向他道歉，然而一时竟凝噎无语。不知是因为语言障碍了我的歉意，还是心理上固守的那点可怜的自尊在作祟，使我呆窘在一边不知所措。好在仓多并没有注意到我的窘相，他忙忙碌碌地卸下所有的行李并送进帐篷里。可能是发现我还在门外，又掀开门帘探出半拉身子，好奇且不解地冲还在发呆的我打着手势：“喂……”

看样子，他已经完全将下午的冲突扔在脑后，早已恢复了他那种独有的真诚和爽落。我只好过去拍了拍他的肩膀，毫无底气地对他说：

“仓多，今天的事——对不起。”

不知道他是否明白了我的歉意，傻乎乎地冲我咧嘴一笑，将我拥着让进帐篷里。我再次由心底生出了一丝对自己的怜悯。

帐篷里已经聚集了很多人，进门扑面而来的先是暖烘烘的热闹，紧接着就是拥挤。仓多将我们的座位安排到帐篷的最里面，所以我得连跨带绕地越过几张桌子和地上到处堆放的行李，才能歇到我们的座位上。等忙活着将一切都安排妥当，坐定之后才发现今天的帐篷里除了几个藏民之外，还有两个长相装扮和我差不多的汉族小哥。大家都热情地打过招呼之后才得知，他们俩也是刚刚萍水相逢于此帐中。

年轻一点的小伙子来自湖南，他是一路骑行到西藏，身上带着一种让我极其欣赏的勇气和毅力。他最初设定的终点就是拉萨，转湖本不在自己的行程计划之内。在拉萨的客栈里休整的时候，结识了几个骑行转湖的骑友，才知道今年是可遇不可求的转湖年；因此，凭着一腔热血方刚的劲头，也不受什么计划内外的羁绊，不假思索地又一口气蹬到纳木错来转湖。他在信仰面前也没什么特殊的索求，就为一个身心舒畅的性情之缘；这份单纯的执着让人好生羡慕又好生佩服。

老成一些的小哥从新疆赶来，他也是只要有假期就往西藏跑的那类人。这次和我一样，专门为转湖而来。一路上也是费了好大劲才和一群藏民结伴而行，成功地绕湖走了一圈，算是了结了自己的心愿。原打算在扎西半岛休整两天就可以安心回家了，可是就在独自慢慢地回味和享受自己刚结束的旅程之余，却越想越感到不对劲，总觉得少了点什么，似乎还缺失了一份精神上的圆满。找客栈里的藏族朋友沟通之后才明白过来，自己先前的转湖路上只顾着低头赶路，竟忽略了去沿途寺庙里的朝拜，因此懊悔不已。其实，转湖本身就是一个借着朝敬天地万物，而重新对自我思考和定位的一次探索。理论上流行的说法是：朝圣的意义在于从整个身体力行的实践过程里，看清那个真实的自己。于是我也笑着安慰他说："只要心地虔诚，去不去庙宇中参拜倒也无关紧要；能看得清自己，可比拜泥菩萨管用。"但是他觉得不好，他说不愿让自己因一时的粗心大意，在一份崇高的信仰面前被降格为一个普通的行路者。所以，在扎西半岛遗憾叹息了一番之后决定重新来过，半徒步半搭车再转一次，以求得一个心安，也给纳木错的佛菩萨补上一份恭敬。

都是因了一份执着的性情，人们从大千世界里被安排相聚在这顶温馨的帐篷里，旅伴们烂漫生鲜的有情之道，也不违了这朝圣途中那份纯真的佛缘。

几个人的热聊结束之后，我回到自己的小木床上，我需要抓紧时间来护理一下我的双脚了。脱去鞋子，袜子已经和脚底的肉皮粘在一起，咬着牙关出了一头大汗才给分离开来。两只脚底全是大片的水泡，有的已经破了皮，连指甲缝里也开始渗出淤血来。无怪乎午后的这一程钻心刺痛，走得那么辛苦。

仓多给我端上来藏面，他没让给面里放肉，这个粗中有细的年轻牧人又让我欣慰了一下。看到我的脚伤之后，他作出一个夸张的惊讶表情，转身走出了帐篷。

卸下一天的苦累，这一碗热腾腾的藏面足以叫人满头大汗，由内及外地畅快上大半天。正埋头大吃之际，仓多竟然端了半盆热水回来，放在我的脚下，指了指我的脚，示意将其泡进去。然后又解下自己手腕上的念珠，递在我手里郑重地说：

“这个……唵嘛呢叭咪吽……保佑你。”

他身上有种先天的质朴、宽容和善良，再一次将我身上的戾气以及心理上阴暗的猜忌与狭隘照射得无处隐藏。我总是不遗余力地让自己一次更甚于一次的可悲。羞愧和自责聚在胸口，堵得人喘不过气来——还有应该向他表达的感激。思来想去还是把这份感恩按到心底了，太频繁的表达终究是没什么价值的。

顽固的习气愈缠愈深，也是毕生的大苦恼之一。生活内外皆是修行的道场，但是能于这世间的苦难之中直下承当的贤圣之士，毕竟凤毛麟角。躺在床上思过之余也在宽慰着自己，经久的鄙俗习气终非一时之功可以化去，还是耐下自己的性情吧；唯有谦虚地面对、坦然地接受和勇敢地承担，才应是菩提大道上坚刚的基石。

五、终古的教诲

（一）

尽管习惯了这么些年朝九晚五的惬意生活，但“劳其筋骨”类的磨砺对我来说也并不陌生。尤其是被一种信念支撑着，置身于如此自由的高原上，所产生的一切苦累都应是经久渴望的体验和求之所得。当一个人走过了小半截的梦幻人生，逐渐步入务实的后半生时，所能体会到的最深刻的自卑，莫过于在无所事事的空虚里恍惚度日了。终于察觉，在我们的一生里，极具分量的压力并不仅仅只是生活中的担当与责任，而是在碌碌虚诞的日子里佯装着自己的成就和幸福；因为我们一直在混淆着所谓的成就与幸福背后的真相。奋力挣扎一番，或许还可以孕育出一些能够化解这种自卑的充实养分来；但是，能否找准一个正确的发力点又成为新的问题。朝着错误的方向打拼，最终搏出的只能是一场令自己更加无所适从的空欢与悲哀。于是，那些原本美妙的、轻狂不羁的梦想在这种悲哀的现实面前开始逐步淡化，奄奄一息，直至被无情地绞杀灭绝。它给人留下的是那种挫败感的压抑，丝毫不亚于空虚时光里的自卑；它的残酷在于掀翻了人们所有理想的同时，还一度将人的精神世界也同化为一片布满蒺藜的废墟。或许这就是“命运”最善舞的那把双刃剑吧，一招一式里都是丰厚和浅陋；得到与失去的组合。人们在命途中作出的各种选择就在那些组合面前矛盾着，同时又在这些矛盾中维持着平衡。

曾经年少的狂傲不驯，是我无比怀念的岁月，那里面流淌过我生命中最鲜活的血液。人生如果没有经历过一个飘摇簸荡的逐梦时代，那和一桌缺失了酸甜苦辣的大餐又有什么区别？苍白的寡淡终是余生的时光里无法弥补的缺憾。因此，我认为放弃了那个亦真亦幻的纯真，踏入现实中八面玲珑的所谓成熟，实则是人生错误的一大步。

凌晨五点刚过，仓多总是比闹钟管用得多。今天他不仅叫醒了我，顺带着还唤醒了旁边的两个年轻人。搭车的新疆小哥几乎没有犹豫就坐了起来，而骑行的湖南小伙则在迷糊中看了一眼时间又翻身睡去。苍多让帐篷的主人给我们做了早餐，刚刚出锅的藏面，热乎乎的真是奢侈至极。今天还有一个更大的不同，就是又有人与我结伴而行一小段旅途了。忠于信仰、更忠实于自己的新疆小哥；他姓张，我称他“小张”。虽然这样的称呼让我自己都觉得有些老气横秋，可也再找不到更合适的称呼了。而且开朗的小张也是欣然接受的。在没有搭到过路的顺风车之前，他要一直陪同我徒步走下去。

一出门就是缓缓爬高的大山，仰头遥望，黑褐色的山影近乎遮挡了半面天空。不过，对于刚刚从一夜酣眠中觉醒并享用过丰盛早餐的人来说，这几座连绵的山影就不能算是一项艰巨的任务了。只是今天的行走依然比平常放慢了很多。作为旅伴，我和小张之间的正式沟通是从出了帐篷之后才开始的，边走边聊的不觉中自然就影响了我们行进的速度。小张是汉族人，上了中学才随家人迁徙到新疆，在那边学习、生活、工作至今，基本上已经适应为半个新疆人。他告诉我，自己在参加工作之后几乎每年都要来一趟西藏，没有方向也不给自己规划目的地；就是想晒晒高原上的太阳，吹吹清凉的山风，再看看风中飘舞的经幡。

看情形，高原上转不完的寺庙殿堂，还有走不尽的藏地山水也都在他的心头烙下了一份深深不可遏的情怀。

为了避免这朝圣路上难得的机缘再落入市井间的俗套，我们不约而同地省去了余下的好奇和询问。于是，话题就自然地转为如雪峰上的清风般简明无束。从寺庙、雪山到湖泊；还有牧人、牦牛，再到令人犯怵的藏獒，只要是这途中世界里能见到的一切，都可成为我们所谈内容里丰富的作料。愉快的交谈成为淡化劳累最有效的方式，让人在不觉察时就轻松地翻上了那大山敦厚的脊背。

骑行的湖南小伙子是我们俩在路边歇息时赶上来的。高原上的清晨，气温还很低，但他已经蹬得大汗淋漓，从面庞上洇出了大片汗津津的高原红。今天他给自己定了比较艰辛的里程任务，所以和我们很简单地交流了几句就要告别，三个人面向才露头的朝阳，拍了一张留念的合影便挥手匆匆离去。之后才想到竟然没有留下他的联系方式，于是，我对他的印象便定格在我们面对阳光的笑容里。

太阳完整地跃出了远方的地平线。站在高高的山脊上举目眺望，远近所有的起伏都已铺上一层翠油油的绿色，早霞自天边又撒过来大把金色的晨晖；一时间黄绿相融，光影徘徊，高原大地如一座庄严雄博的王朝沉稳稳地展向天际。

小张搭上了一辆藏民的小面包车，临上车前他对我说：

“一个活佛曾经告诉过我，男人毕生的事业就应该栖身于济世和利生的万法中修行；朝圣即是生命的过程，在这个过程中所有的障碍和苦痛，都将成就他生命里最高的荣耀。”

世间因缘本无定数。就那么有一句没一句，想什么就说什么的一路闲聊；一程的零零碎碎汇集在离别的一刻，竟引申出一个此前从未触及、也从未敢去想象的大境界。生疏而短暂的不期而遇，不经思想过滤的轻松相处，如一把精巧的琴弓搭在了几根僵硬而苍寂的丝弦上。完全不搭调的一个组合，却演奏出一段如此深刻的旋律；那是一段悠扬沉着的磅礴气势，延宕在山坡草甸之间久久不绝。遗憾的是这心灵相通的机关总是触发于不经意间，缘止于醒悟之隙。

（二）

宁静的高原被一片崭新的光芒笼罩着，空气纯净明澈。望着渐行渐远的车影，一股愈发浓烈的失落和哀伤涌上胸口，牵动了潜藏在内心深处、一直以来隐而未发的孤独。让人不免有些埋怨起那辆拉走旅伴的面包车了。说得更准确一些，此怨也与那车子无关，根由在于它来得太突然，出现的时机实在有些不合人意。

我这是又在归咎于那个“冥冥中”的安排了。

细深追寻那孤独的缘由，也着实令人惭愧，世间之事哪有尽如人意的完美？然而不如意之后的抱怨却总是免不了的。按照经典里所解：这该是不知哪生哪世所造作的业障吧，沉积了那么久才报应到此生，它得是多么深重的罪孽啊！怪不得那怨恨的念头才一动，便敲响了地狱之门。

地狱又为何地？那个被世人魔化了的无边刹境。我战战兢兢地徘徊在它的门前——那里闪烁着十方世界所有与自己无关的辉煌；也过往着自己平生经历中所遭受的一切灰色际遇；还有一个在一片攀缘、嫉妒、痴疑、贪欲、嗔恚、戾怒的汹涌波涛中翻滚挣扎的自己……

一时间，否定自我的那些羡慕与渴求，让人的尊严在一片妄境中洒落了一地。原本生生不息的清净澄明，被这种妄认尘缘而不识的颠倒思维熏染成一池污沼。我再次莫名其妙地丢失了自己的晴空白云和山川牧场，沉堕在过去与未来迁变流转的漩涡之中，眼前陷入一片昏扰扰的晦昧之境。

有一个浑厚的声音从杳渺的虚空里隐隐传出：

“喂，你这个没出息的家伙，你是要亲手把自己送入那扇地狱之门吗？如果真打算那样做，就请远离神圣的纳木错，不要玷污了这汪清澈的湖水。”

我愕然四顾，寻其声源却不见踪迹。正在惶惶不安时，只听那呵斥声再次发起：

“嗨！可悲的凡夫，真该醒醒了，还要在蒙昧的黑夜里游荡多久？很显然，藏北高原的土地上不适合奢华与舒适下的旅行和装模作样。难道你已经遗忘了历尽艰辛的意义了吗？在你有限的生命里，可否还遇见过如此干净透彻的孤独？！让我来告诉你吧：唯有那不掺和一丝外缘杂念的孤独扩大到一种极致，它方能释放出对我们有益的养分来；这样的养分可伴随万物走出轮回的苦海，开启一切生命中最光明的坦途。”

“哦，我正想要诅咒这该死的孤独，那悬崖上艰涩的岩冰也不能相抗于它的残酷。”我一边茫茫然寻声四望，一边又被本能怂恿着，否定着声音里的那些干巴巴的大道理。

“多情的人们总是那么的矛盾。既想方设法地努力创造着孤独；但内心里却又无比地厌恶着孤独。被复杂的情感世界操纵着，驱驰着。如果无穷的欲求是一切矛盾的源头，那丰富的感情或许就是它们的帮凶。而孤独的时光里却总能升发出可浇灭那欲火的无上清凉，它就隐藏在这静悄悄的行旅之途。”他换了一副耐心的口气为我进一步阐述着，由呵斥转化为另一种善巧的引导。

“啊，正是它——那无法被填满的欲求，它就好像波旬撒下的恶之苗，不知何时被悄悄地种植在我的心田之上；常年盛开着妖娆、贪婪、爱乐和烦恼的花儿，无时无刻不在缠缚着我的心绪，叫人举步维艰却欲罢不能。不论您是何方的贤圣，我相信您告诉我这些，不单单是为了向我炫耀自己的全能；如果您真的怀拥着这世间最高贵的慈悲之心，请救赎我于这黑暗里的迷途。”

我如是抓住了一缕来自希望的光芒，朝着无尽虚空恳切地祈祷着。

“可怜的人啊，让我再次来提醒你——这世间哪有什么全能之能，不要再沉沦于那种荒诞不实的幻想之中。迷心认物只会拘禁了你自己的真实自性；也不要再让匆忙的脚步和攀缘的希求，绑架了你来此地的神圣使命，这个世界永远不会存在真正意义上的征服。停下来歇息一会儿吧，让我们轻松地聊一聊。”

我不知道这一程自己又赶出了多少路，爬过了几道坡，翻越了几座山。和煦的阳光复罩于我的世界，无常的阴霾已被蒸发殆尽。梦魇中幡醒一样，却不知身在何处。驻足回首，唯见朗朗乾坤之间，念青唐古拉山峻拔地挺立在身后的群峰之巅。

环顾四周，旷野寂静，不禁隔空向那雄峰试探着问道：

“是你吗？雄伟的念青唐古拉，适才那个呵斥我、警醒我的声音是发自您对众生的悲悯之心吗?”

那巍峨的雪峰幽默地耸了耸肩膀；不经意地整理了一下绕在胸前的云絮，慢条斯理地回道：

“你觉得在这一望无垠的群峦起伏中，除了我，还有谁会如此怜悯你们这些迷途中的凡俗，以及你们那无序乱撞的灵魂。”

“哦，灵魂！我何曾亲近过自己那只可言说却从未相遇的灵魂；您又怎么会识得他的存在？不要在我已经昏聩的头脑里再撒上一把迷尘了，让我清晰地相信我面对您的这一切真实非幻。”

“悲哀的人啊，你总是执着于现实生活里的一切表相之间，甘愿舍弃本真光明的思想源头；你宁可在空洞暗昧中自取迷妄，也不愿去勇敢地面对那个真实清净的灵魂。若不是因为拥有着高贵的灵魂，你们何以承受得起那一轮万灵之灵的光辉!”

“——难道就是因为迷恋了这物质世界里的似锦繁华，才令我在昏沉沉中奔波一世吗？我发誓，即便是菩萨现世也会提出这样的疑问：失去了物质的供养，又该拿什么来维持生命的延续？那些伟大的生命啊，您可知道他们是如何在不停歇的进取中，创造着精彩纷呈、惠及万方的新世界？又有多少人正是因为身处于这个新世界，才有幸不辞万水千山地来此朝圣。否则，您觉得缺乏了行动力的修行或是信仰还有它存在的意义吗？人世间的那些精神导师们又该凭借什么为依据来教化众生？哦，对了，还有那虚渺不实的灵魂，如何才能使人触摸到来自他的温度？”我有些激动了，尽力把过去、现在和未来里的所有疑惑都向他抛去。

“唉，你这庸鄙的凡愚，真正的信仰又怎么会否定生命的存在？慈悲的世界里草木蝼蚁尚且珍惜，况乎人身？但人们所迷恋的并不是生命里天生的独立完善，而是任自己被奴役在欲望和利益下的欢愉享乐。这世间的任何生命，倘若丧失了精神上的主权意志，行尸走肉般地活着，就算他活在天堂，那和埋身于地狱又有什么区别！？唯有放弃一切对贪欲的执着，才能切实地亲近自己那神圣的灵魂；你的灵魂，他将会告诉你——这里，才是你命途之中最美的风景。”

“我宁愿这是此生中最清晰的一次幻觉。”我将信将疑地期待着他更详尽的讲述。

那雪峰周围飞起一层洁白的雪尘，他好像又调整了一下自己矗立的身姿，有意无意地挥去围绕在身边的几片云积的柔絮，更加清晰地显现出一身俊朗的峭壁。他似乎降低了一些平日里的威严，多出一份儒雅的亲和来。浑厚的声音被微风推送着再次娓娓而至：

“无始以来，藏地高原历经千劫，也曾纷争混乱众生横野。那些往昔岁月里的狂风骤雨、电闪雷鸣、骄阳烈焰、皑皑冰雪，以及偶尔也会温煦拂面的习习清风，那些每一时的每一幕里，可都是蕴含了感动着万千生灵的深宏大剧啊。但是，很可惜，所有往来穿行的匆匆众生们，哪个不是紧紧地扣着一颗有索求之心？自甘沉溺在世间俗利的驱使之下，一味地计较着得与失的价值；傲慢地轻视着这些来自天地间最真诚、最动情、最智慧的启示。

行走在这茫茫戈壁上，你有专注地察听过脚下砂砾石之间从未间断过的厮磨的声响吗？如果你有用心在那片焦荒的土地上，去深入地了解它们，或许能体会到在那些特别的声音里，厮磨的其实正是这世间永无休止的抗争与妥协。在那些千年万劫的纠缠不清，却坦然不躁的砂石上面行走，人们还会为自己所遭遇的一切烦恼与不平而耿耿抱怨或愤愤激昂吗？

万紫千红的朝霞，她就是辉煌的使者，每天为万物铺就着漫天新生的气象；但是，你不觉得晚霞的斑斓艳彩也异常地醉人吗？人们在沉醉和遥思其中的同时，一定也感受过那种醉颜里饱含着的末途与悲凉。可大自然从来不会因此而悲观，因为她知道，晚霞身后的漫漫长夜里孕育着的正是更富活力的朝阳。旦夕霞光里辉映出不同的气象，却共通着一个多彩的未来。融身于这种此消彼长的时空里，还不足以淡化你对生命过程中兴衰荣辱的分别之心吗？还有那不羁的山风，在它掠山扫岭的呼啸里，该是裹挟了人世间多少的躁动与戾气啊！？可每当它经过这佛域上空的一瞬，即卸下了所有的不平，栖身在漫山飘舞的经幡和经世不绝的悠扬诵唱里，哦！那真是一幕感人至深的祥和与安宁，它还不曾令你为之动容落泪吗？

举目远眺吧，雪山脚下那大片的绿茵才是多么神奇的生命呢；看似一丛丛卑微的柔弱里，却哺育出了无数藏地高原上最雄悍强韧的生灵。在那些飘摇曲躬的身影里，你难道没有感受到哺育者的伟大吗？

真诚的感恩上苍吧，让你置身于如此丰裕多姿的世界里，又那么及时地赐予你、可使你凝心静虑的孤独。”

缈缈云烟霏霏迷漫，在群山之间若明或晦，沉浮聚散；殷殷地将雪山完整地淹覆其中。他像一个智慧慈祥的长者，讲述完这一切之后便无声无息地隐退而去；更像一个泄密者，向我透露着在藏北高原上深埋了亿万年的秘密。有浓厚的云雾朝低空铺压过来，遮挡了头顶的晴空。丝丝凉风乍起，烈日的燥炎也被分解成阵阵微醺，高原上的风云又开始任性地变幻起来。我调动起所有最清晰的思想细胞，将这些珍宝般的奇遇和讲述，用心地收藏在记忆的最深处。它们将令我更加虔恭地贴着这片土地，顺着那些从大自然里奉献给人类的一切启示；细细地品味着其中令人从未有过的灵透与舒畅，迎着风，步趋相并地行走在通向智慧的清凉大道上。

（三）

环湖路越来越靠近湖面，路的另一边出现了一段沿途中不曾见过的嶙峋山崖。在藏北高原的广阔里，它们算不得高大，但从它脚下经过的路人，却要被那危峰兀立的气势抑制在乱石堆里，渺小得没了踪迹。这里几乎没有绿色，路面早已被大小各异的悬崖坠石所占据，只隐约看出一条人为腾挪过的车道，上面也被堆满了碎石。周围无法下脚的乱石丛刃，把人的视野割得零碎散乱。风卷起狂舞的飞尘，同时也将天空中大块堆积的云山抽剥成一股股绒絮状的流云，快速地向四空舒展出去。有两只山鹰乘着风，驾着淡紫色的云烟，挥动着强健的翅膀穿梭在云天之间。消声无息，却隔空划下一道肃穆逼人的英气。从它们的目光里射出的孤傲如闪电一般，里面凝结着好像是上一个冰河期封存下来的冷酷；那是一股自天而降的凌云之威，无声的威严使人不得不在与其对视的过程里暗自赞叹。或许更是一种被敬畏逼迫出来的、对那种高贵和超然淡漠的向往。

落石纵横的山路朝着湖水的方向辗转延伸，山水相接的地方影影绰绰浮现出一座白塔，塔身上飘扬着五彩的经幡。

风过去了，去时也在刹那间，比来的时候更加急迫，急得连自己掀起的尘土也没来得及带走。积云散处，斜日西倾，映射天地的同时也点燃了那鹰的燥烈；它们一阵急促地盘旋、滑翔、俯冲……最终如箭矢般迅敏地射入悬崖之隙。

脚步深深浅浅地颠簸在起伏不平的乱石坡上，远处的白塔也时显时没，在人的眼眶里上下晃动着。距离湖水越近，地势就越低，塔身便隐去越多，直至只留下空里飘摇的风马。

多加寺是一座隐藏在湖畔岩壁内的寺庙，它的诞生有两种说法：一种比较正式的记载和另一种人们口耳相述的传说。我比较倾向那神奇的传说。据传：它始建于十八世纪中期。一位来自中原的皇子，因笃信佛法，遂西行朝圣，行至藏地的时候正巧赶上自己因缘成熟，有幸偶遇上师，经上师点化开示：

“贤者佛缘里的修行悟道之所正位于纳木错湖畔……”

皇子大喜，拜别上师后即苦行到这多加鲁古岛上。隐居于湖畔的褐岩峭壁之下，潜心修行，研习佛法。在其抱水而修之暇，与同参道友们依山凿壁；沿岸铺园；临风建塔，穷经年之力筑就了这座神秘的寺庙传承至今。

临近岩崖攲侧之处，行至无路可走的尽头，从断崖上方延伸下来一道极窄、曲折且陡立的台阶。抬步拾级而上，眼前渐次豁然；攀至顶端时，驻足转身处唯见青蓝的苍穹下怀抱了一湾紫岩碧水。在那水天交错间有烟波缭绕，安详地浸浴着一处青石铺就的静谧小院。而静谧的上方则是僧侣们每天礼拜、吟诵、精进课业和传法布道的地方——几座宏丽庄严的佛殿半悬半藏于岩壁深处。使得原本狰狞突兀的褐色山崖在佛光的沐洗下，散发着一团紫气祥和。

年轻的喇嘛秋丹加才微笑着立于白塔旁边，双手合十，用生涩的汉语向我问好："你今天一路辛苦了。"我也赶紧向他合十行礼，却不知道该回应一句什么。自从长时间不说话以来，我的思维意识和表达系统之间开始变得陌生起来，并伴有逐渐脱节的征兆。

在进入佛殿参观之前，转经是不可或缺的开始。被一排排徊绕在院落周围的转经筒导引着，指尖轻轻地拨动着光滑的经轮移步缓行。这时可以微微合上双眼，用手摩挲着凹凸于其上的经文，让虔净的灵魂也附于那字里行间；手底发出吱吱的旋转即为天人相和之音，抑或是一轮接一轮通往净土的开示……哦，清风徐来，一切音声皆入宁静与空灵！

真可谓：闪过断崖途穷处，始现梵影吉祥生。

加才喇嘛十七岁出家，至今已差不多五年时光，他的身上携带着一种天然的，对一切人与事物的尊重与信任，淳朴的面颊上持续洋溢着无限真挚的热能。十七岁是一个即将接受现实世界漂染的美好年华，他却选择进入这片纯净的天地。

在带领我参观佛殿和历代大贤们修行的岩洞时，他尽量用缓慢的语气，并不时地反复推敲着自己的用词来为我讲解，生怕自己不太熟练的汉语，以及发音的不准确给我造成理解上的困惑。尽管我很费力地听过之后，还是对他所讲述的莲花生大士和其他大贤们在此地研习修行的故事有些模糊不明。但那是一种在平常二十岁出头的年龄里，找不出来的认真与严肃的态度。而且这样的严肃认真，并没有使作为一个僧侣的他在表情上有丝毫道貌岸然的僵硬。加才喇嘛依旧保持着天然无琢的温和与纯真。他的眼神澄清皎然，不掺杂任何虚妄的目光里汇聚着满满一汪善意；他尽可能给予我所面临的、最需要的帮助，但又会很自然地将这些帮助控制在适当的范围之内，绝不会有多余的慈悲喜舍任你去浪费。他好像天生带有一种可以鼓励人将自身的能量发挥到极致的本事，唯有你那打算放弃的念头挂出脸上的时候，他才会不紧不慢地出手教你怎么做，不动声色的举手之携里诠释着无相布施的本真含义。他的汉语不算太弱，却以一副好似听不懂的平静，来回应我啰唆的感谢之辞。稚拙质朴的气息浓郁在年轻喇嘛的身心内外，让人难以将这一整套周到圆融的行事方式，融入他青稚的表相之内。我不知道他经论课业精进的程度如何，但能感受到他的行止内外，处处流淌着无所着相而生其心的自然智慧！

当然，庄严且踏实的修行也不是加才喇嘛生活的全部，他也时不时地用手机和外面的世界往来互动着。他从网络里了解并学习着世间法则；也会通过虚拟的世界向有缘的众生传播着实相里的因果智慧。他更不排斥自己的世界之外的一切新鲜事物。当我在湖畔虔诚转塔的时候，他则端着我的相机站在高高的岩石上专心于四处拍摄，我看到，此时的加才又回归到自己少年天真的那一面。他和旁边的仓多开心地分享着自己镜头里的纳木错。他们用藏语愉快地交流，不时地绽放出充溢着高原味的笑容。我相信，在进入寺庙之前十七年间的小加才，他能接受到的书本教育还不及内地小学儿童所接触的丰富；他曾经的生活应该也如仓多一样，每天奔波在寒风烈日下的高原草甸之中，游戏于牧群和犬獒之间；他的性情或许会像牦牛一样暴烈蛮横，他的眼神也该和鹰隼一样冷峻如锋；他应该如大多数匍匐在高原戈壁上的虔诚有情一样，无须去思考多么高远不实的问题，单纯地延续着在满足了必要的温饱之后，就把其余的一切都交给上天去安排的生活形态。

但是加才又比仓多幸运了很多，至少我是这么认为。从他选择了并置身于这方外天地的那一刻起，他的生活就发生了质的改变。小喇嘛在自己也毫无察觉的变化中慢慢地开始成长起来；他像一个在黑暗的荒原上饥渴了几辈子的流浪儿，直到这一世才找到了自己的家园一样；在平静自律的僧侣生活中，贪婪地吮吸着经典内外里一切可以唤醒自己精神世界的琼浆。他开始萌发出智慧的嫩芽，开始学着如何优雅地处世；他尝试着去思考，思考着如何在不落痕迹的自然中去践行关于慈悲、布施……这些看似简单，实则难行无比的普世之方。

佛塔建在湖边的崖石上，靠近湖水的一面几乎凌空，很为难地给人们开凿出一条专供转塔的艰险小道。有些地方即便是一个人也得小心地弓了腰，或侧着身子才能通过。若在靠近崖岸的岩石上迎风而立，人会感受到一个泛出微微嗔息的纳木错。以往印象中的温婉涟漪在这里已被推宕成波澜澎湃的浪花，用力地冲击着沿岸的石壁，传出嗡隆轰鸣的咆哮声威，震耳之余亦令人足颤神惧。

加才喇嘛帮我们在游客区联系了一家可以住宿的茶馆。在送我们去茶馆的途中，仓多让加才问起我的职业。在我的印象中，仓多应该不属于那种烦琐于俗世功利之内，或是好奇于细枝末节之上的小情怀，不知为何发此一问。说起我的职业，这倒是令人难于言说的一个话题了。当每个月的薪水按时到账的那一刻，我总会为自己的不称职而心生内疚。有心想编造个什么名堂搪塞过去，又唯恐染污了这满世界古圣先贤的遗风，只好直言相告。

加才翻译给仓多之后，他们的表情上同时闪出一脸想不到的惊讶，当然这种惊讶应该属于一种正面的肯定，因为加才喇嘛为我竖起了大拇指。幸亏此刻已是黄昏之后，让人的满面羞愧才被落日洒下的霞光映空修饰得不露痕迹。

吃过晚饭，在临休息之前，从外面风火火地闯进来两个年轻的藏民，操着半生不熟的汉语对我连吆喝带招呼地比画了半天。我虽然没有搭茬，但是只需把散落在他们唇齿之间那些含糊不清的汉语词汇都抠出来，并融汇在那种无礼和蛮横的举止之内，差不多也就明白了他们的大致意思：他们是在规劝我放弃徒步，租用他们的车子来完成剩下的旅程。这些年不论去往何方，途中最反感、也最担心的就是遇到类似的状况，因为总会经历一些被司机或向导贩卖的事件。所以让我不由地又怀疑到仓多身上：他是不是已经将我倒卖给这两个粗鲁的年轻藏民了？赶紧扭头寻找仓多，发现他正坐在我身后的茶椅上，呆呆地瞪着那两个不速之客，和我一样满脸不解的茫然神情。看到他的表现，我放心了，他和他们不是一路人。遂装憨卖傻地用手指了指仓多，让他们用藏民的方式去沟通。他们既然知道这家茶馆里今夜住了一个转湖的汉人，就一定也知道这个汉人还带着一个藏族向导。但他们依然还来拉扯生意，一副有恃无恐的强蛮气息，让人极其的不舒服。还好，在仓多和他们沟通了几句之后，俩人就直接摔门而去。

多加鲁古岛也是纳木错湖沿岸的自然旅游景区之一，白天也像扎西半岛一样的繁华热闹，前来朝圣和观光的人群往来如织。此时正值荧灯初燃，夜色将所有的热闹都轻轻地安抚在景区的饭铺、旅店和茶馆里。阴沉沉的天覆盖了岛上的一切，黑蒙蒙的空洞吞噬了所有属于夜空的闪烁，茫茫穹幕里再也寻不出一颗幸运的星辰，看来这又将是一个不甘平凡的夜晚。

环湖散记

六、自由高原

（一）

熟悉的小木床上，梦回日月茶馆。半夜的风雨也如约而至，势头猛烈的程度丝毫不逊于我在扎西半岛时遇到的夜雨。风里裹着雨，雨中挟着风，互相鼓着劲儿倾空泼下。简易的铁皮平板房，屋顶像一只仰面朝天的旧铜锣，密集的雨水砸在上面，从铁皮的裂缝里传出的破音噼里啪啦地响至凌晨。迷迷糊糊的意识中还在暗自庆幸着：佛菩萨护佑，这雨总算来对了时候，没有把人淋在无处藏身的戈壁荒原上。

昨天晚上和加才喇嘛约好今早要去多加寺点酥油灯，因此放弃了阴雨天可以多睡一会儿的借口。天刚蒙蒙发亮即起床洗漱，这一路走来，有洗漱的机会可堪珍贵。屋外哗哗一夜的滂沱之势，此时已渐弱为轻哦慢吟的酥雨蒙蒙，一整夜风雨的大清洗让湖边天地都浸淫在一色淡淡的石青里。绵绵雨丝穿出层层云幕，轻飘曼舞，在高原上洒下了生生不息的通透，叫人不自觉地要仰面默默祈祷：希望今天所有的行程都能幸运在如此清润的天地间。

白塔旁边的崖石上随风飘扬着一袭绛红。这世上既能在风中舒卷自如，又不失其生命的庄严和稳重的品质，唯有这藏地土红色的僧袍了。我放缓了脚步，轻轻地慢步而上，尽量避免惊扰这位正在临水遐思的小喇嘛。他脚下的石崖内波涛涌动，沉沉地拍打着岩石，那种水击轰鸣的激烈与僧人的闻潮冥思之境，竟也互不相侵。顺着他的目光遥望出去，那是一个早已被烟雨润透了的新世界：一切物相、音声与华色均被平衡在一抹灰调子里，缥缈无迹亦悠绵不息；身处其境时，生命恍若已被意化在天地之初的那一团混沌之内。

我喜欢西藏寺庙内外的诸多风物，尤为热衷于往这里人潮如梭的拥挤里钻。来到寺庙朝拜的人与人之间，拥挤的缝隙里流通着一种天然的秩序：没有吵闹和谩语，更鲜有粗暴的推搡。这里最显的“嘈杂”即是朝拜者们嘴里的喃喃吟诵，当然，那也是最能拨动人灵魂的声音。当你的身前耳后萦绕着那些声调不一的抑扬顿挫时，若能在瞬间收摄心智，跟紧其中的一声或一段，就在闭目细观的一刹间，人的身心便已漂浮在佛音缭绕的音声海中了，哪里还顾得上心生浮躁与争执？还有，就是这满大殿的酥油灯，我经常会惊叹地怀疑：在很多时候，那拥挤烦恼里的一念清凉，可能都是源于这一盏盏晶莹透亮，如一颗颗灵豆般冉冉升华的小火苗。

清晨的多加寺少有香客，佛殿幽暗，空无一人。我独自摸索着，安静地经过每一尊佛菩萨的身旁，观想着他们所持的观点和悟道的过程，就好像正在虔心地翻阅一部浩渺如烟的藏经。拥有绝对的清净即可抵达空灵，甚至可以觉察到酥油灯的心跳。那一排排里的一簇簇，散发着酥油香的灯芯经我的手底苏醒过来；橘色的火焰跃动在它们生命中最美好的时光里，蕴含着青春般的活力，静悄悄地温暖着大殿内所有佛菩萨的脉搏。点亮一盏灯，即可传灯百千盏；传播开一片流光溢彩的金莲，闪耀着无上菩提的大智慧。一时间，满殿堂的灯火光影里俱映出佛菩萨的慈眉善目；大士大德的端详庄严；还有护法金刚的怒颜决眦。心中的妄念已然褪熄得无有踪迹，焕发出至真至切的感动来。终于让自己的恭敬在佛前彻底的纯净了一次；没有索求的欲念，也少了得失的计较。无所执着的朝拜与供养让人获得了灵魂升发的生命力，轻盈无痕的虔诚是多么的来之不易。

从多加寺出来时雨已经停了，天空呈现出透亮的清蓝色。山路曲幽的深处是与寺庙临别的地方，不经意地又回头望了一眼：雨后的水天山石清雅高洁，褪尽了从尘间飘过的一切虚浮，万物复归于最初的平静；唯有平静和沉稳才应是这座小岛永不消弭的气度。

（二）

带着脚伤的原因，使我的行走变得愈加迟缓。今天的旅程才刚刚开始，高原上连绵的荒秃就冲击着早晨从寺庙里培植起来的那一点从容。心底急功近利的企图掀开了焦躁与匆忙的帷幕，恨不能一步就跨过所有的业障，直达那个祥和的彼岸。但迫切的期望总是无济于事，因为前方是一条铺满了苦涩与坚忍的山路，只有在沉寂中耐下性情才有可能磨得出去。在很多苦闷的时候，自我的疏导等同于自救，尤其重要。比如此刻，我的心理正逐渐安静下来，踏实了许多；由踏实中再荡起一股子倔强来，让脚下的每一步都迈在稳健之上。无法抵御的皮肉之苦往往可以换取到精神上的释然。直至疼痛将人的身体、灵魂和起伏无序的荒原拧在了一起，我才感触到人与自然之间的微妙关系是多么的神奇；无怪乎那么多高僧大德的悟道之途都错不开艰苦的行止。原来，所有的磨砺都是平凡和超然在生灭一念的刹那时必须的调和。天高云淡、雪山湖水、高原草甸汇聚于行旅中的喜乐愁恼与孤独，源源不绝地酝酿着天地物我之间最传神的一场幻化。

身边停下一辆面包车，藏族司机拉开车窗探出脑袋，冲我咧嘴一笑：

“嗨……”

接下来全是高原上最浓厚的藏语，我连句“扎西德勒”都没听出来。只好耐心地等到他停顿的时候，先合掌送给他一句：扎西德勒。

他也感觉到了我们之间隔着如大山一样的交流障碍，只好无奈地给我递出两瓶水和更加灿烂的笑容，挥挥手加油而去。

临近午时，在一座荒山脚下的戈壁滩上，我看到了仓多。小半天的日头已经蒸干了昨夜大雨带给高原上的最后一息湿润，并且还在更加上劲地晒烤着无遮无挡的土地。这里肯定不是一个理想的休息地，可苍多却是一个不按常理行事的向导。我正边走边捉摸着他要做什么，他已经快步迎了上来。他往我的手里塞了几块光滑溜圆的卵石，那种手感和色泽是经风雨冲刷洗礼了多年之后，才会留下的油润与清亮。我捧着这些小石头轻轻地揉摩了一会儿，最终还是把它们重新交回给仓多手中。

仓多有些不解地瞪着我，我只好赶紧用手势加以解释：指了指他和那些漂亮的石头，再加上我；然后挥动胳膊在天地间凌空划出一个空圆，将我们俩和这周围的一切都轮廓了进去。仓多呆呆地看着我这番奇怪的举动，随即便若有所悟地点了点头，发出一声“噢……”，然后转过身去将手中的石头，夸张地用力抛还给茫茫戈壁里的碎石群中。他回过头来冲我嘟囔了几句什么，紧接着又露出憨厚的一笑。这是自从我们相识以来，他所表达的最具善意和腼腆的一次笑容，我也笑着朝他竖起了大拇指。

休息片刻，仓多拍了拍我的肩膀，指着前面的荒山说：

“那边……上去……”他一边为难地搜索着储存在自己记忆中为数不多的汉语，一边用手势示意着翻山越岭的动作。

我明白了，这才是他等在这里的主要原因。他是要我翻过前面这座大山，以绕过一段曲折的环湖路，看情形这似乎是一条捷径。但是，说实话，面对这样的捷径，我在心理上还是忐忑发怵的。我不知道这山的海拔有多高，因为我脚下戈壁滩的海拔已经在五千米左右；也不清楚山里的延绵有多深，上去之后是什么状况，会不会迷路或遇到什么猛兽一类的危险。还有，山的那一边又是什么地方，翻过去之后是否还能顺利绕回到环湖路上？意识里快速地将这些所有的可能清点了一遍。正在犹豫之际，仓多好像已经帮我决定了一样，双手合掌一本正经地对我说：

“阿弥陀佛保佑你……”这句是我从他嘴里所听到的最清晰的汉语。

毫不夸张地坦白：经过连续几天在高原上徒步的艰难和危急，我以往那种面对恶劣环境时的自信早已还给了上天。我看着仓多，再回头看看面前这座被炙烤得焦糊糊的大黑山，实在是提不起任何想要去冒险尝试的勇气。

仓多似乎已经看出了我的胆怯，他的眼珠在我脸上游离着，鼻头搐动，牵拉着嘴角的肌肉；满脸的嘲笑与不屑似乎在须臾间就要决堤而出。就在他即将把所有的嘲讽都融进笑容，并释放出来之前，我已在闪电之间作出了决定：重新背好扔在地上的水壶，拾起手杖，连多余的眼神都没有再留给他，转身径直朝那山脚走去。摩托车的马达声从我的身后掠过，窜上了远处的环湖路，他的身影向我挥了挥手，长啸一声疾驰而去。

我在一时的精神膨胀过后留下的空洞里仔细地搜寻着——激发了这种冲动的思想源头。我不能确定它们是否发自在高原烈日下晒烤了几天的、我那已接近干瘪的荷尔蒙。一直以来，在这块神奇的土地上，我总是极力地回避着类似“挑战”或“征服”这些狂妄的概念；我也深深地了解着大自然的威力，它随时都可以发挥出几百种令万物在顷刻间回归于尘埃的能量。但是，即便我微渺如尘，自己的这种回避也绝不是发自恐惧或怯懦。每次在面对危险的抉择时，肩膀上不可推卸的责任和担当就会时刻提醒着自己：他们不容你有分寸的闪失。

再者说，胸膛内依然积压着那么多年从未放弃过的不甘心。

不受约束的仓多就像一个手持火把的顽童一样，总是在有意无意间撩拨着那些就快枯萎在我胸膛里的不甘心，今天他似乎如愿地点燃了其中的一簇。

短暂的精彩往往可以化作记忆里的永恒，激情在将要枯萎之前迎来了自己辉煌的一瞬；透过那熊熊烈焰，我看到了一幕从未有过的、全新的人生图景。啊，原来生活还可以如彼的充实、丰盈。我甚至悲哀地发觉，自己竟然在一个枯燥的接近于干涸的世界里，磨蹭了近半生的时光，并且还在浑然不觉中继续着；活生生地僵硬在一条机械的轨迹上，无知、脆弱或者狂悖到没有温度。

整座山像一头被禁锢在炼狱里的黑牦牛一样，浑身叮满了焦蛮而粗涩的疙里疙瘩。它不知被折磨了多少个世纪，枯渴地喘息着伏卧在戈壁滩上，继续承受着看不到尽头的熬炼。

乱石横杂的山坡上，能下脚的地方就是路。我尽量放缓攀爬的节奏，手脚并用，在身体完全稳当了之后，争取踩实了一只脚才抬起另一只脚。即便如此费力地小心着，也无法避免各个骨关节在岩石上频繁地磕磕碰碰；那种难以言喻的痛感，让人觉得不知何时已被脱去了一身皮囊的包裹，正在与这些石疙瘩死磕的是裸露着的骨骼。上天惩罚着高原暴日下的荒山，而山上的顽石们今天也逮着一个平衡点，用尽解数打磨着攀登途中的旅人。

不得不说，在这座死寂的黑山上，我感受到了与“文明社会”相仿的另一种生命情态。不论是和谐或对抗，都不重要，保持一种“礼尚往来”的相通才是唯一的默契。很显然，饱经折磨的躯体已经让我的思想再次站到了大自然的对立面；我想，身处困境中的顽石们当然不会就自己目前的状态去反思，但它们一定已经察觉到：我的分别心正在将它们与高原上的严寒酷暑和对抗了千万年的、那种一直以来引以为豪的“骨气”，归结为一种顽固的“劣根性”。正是这种“劣根性”促使它们如自暴自弃的报复一样，将生命里所有的“恶之花”都绽放了开来；而这种绽放并不只是冲着像我这样的入侵者，那是针对除个体本身之外的一切同异类的蔓延。原本就与俊秀挺拔相去甚远，自然也就顾不得自身格调的贵贱尊卑了，无一不是带着丑陋且蛮横的表情挣扎在那里，竭尽全力地相互撕咬着身边的同伴，不给任何一方留出半点宽松的余地。这里没有“退让一步天地宽”的处世哲学，谁也不必去深究自己的得失善恶，只为大家一起撕扯着，在苦难中同煎共熬。自私与狭隘超越了时光与空间，以及不同物种间的屏障，如病毒细胞一样无孔不入，包括这些天荒地老的顽石们也难以幸免。可见，凝聚不仅仅可以创造强大和积蓄力量，同时也会在凝聚的过程之中产生难解难分的钳制与倾轧，而这种钳制与倾轧更是会延续为一种了无穷尽的理所当然。

之前山下从仓多那里感染到的积极向上与乐观的勇气，已经被这座焦黑的峰峦荆棘消磨得无有踪迹。眼睛里的一切美好都被心胸紧缩的窒息感压迫得没有了生机，塞满了各种狰狞与扭曲，被灼伤般的火辣辣滚滚袭来。我使劲扬起我的额头，想要一汪清蓝来淘净眼中的污黯，但穹顶也早被骄阳烈焰烘烤成一片白蒙蒙；更像一只巨大的笼屉，吞吐着煞白的热浪，死死地封盖了整片戈壁山野。

我想依在这头焦黑的“牦牛”身上休息一会儿，但是它浑身的疙里疙瘩已经被晒得如刚出炉的铁矿石般火烫。可还是得强忍着撑住这些坚硬的滚烫，凑合着稍稍喘一口气，补几口水。在高原上翻山越岭，预防高原反应永远是第一道不可逾越的铁律。

辛劳强行地将人与自然的温度融合在一起，等到小心翼翼地贴近对方并忍过最初的滚烫之后才发觉，其实它们也没有想象中那样烫得烈辣。人甚至还能感受到：顽石的温度里正在隐隐传递出生命的温情，悠悠不息地化解着所有僵硬的对峙；也正是这份远古的温情融和了物我之间的一切隔膜，刹那间，我们已相互渗透进彼此的生命，将先前的对抗与排斥柔润得如源自同根同族般融洽。我在疲惫中喘着气，谨慎地倚靠在这些焦黑的岩壁上，它们亦稳稳地揽住了我。坚硬的石头已然不是那么丑陋灼人，它们源源不断地释放出一些包容的柔软，让人更加坦然地将自己完全放松在它们当中。山与人从互不妥协的决绝中抗衡过来，在这半山腰间已经如突然相遇的老朋友一样，释放出曾经彼此最熟悉的热情拥在了一起。

在旁边岩石的缝隙里探出几朵淡紫色的小花，它们似乎是刚刚从沉睡中被什么响动突然惊醒，急匆匆地自乱石缝里冒了出来，挺直了腰身，伸长了脖子，迫切地张望着外面的世界，到底发生了什么？

我俯身轻声对它们说：

“哦！别慌，这里有两粒阔别了几世的尘埃，他们又一次在苦难中幸运的重逢了。”

山顶上的地势较为疏朗，没有刀劈斧凿过的险峻，高低错落的乱石丛林般一直繁杂到视线之外。不过，如果你能安静下来仔细观察一会儿就能看出，在那些繁杂的石丛中依然可以找得出前人留下的印迹。抛开信仰不论，山里的玛尼堆就算是藏地最原始、最准确、最有灵性的路标了；无论你身处多么复杂的地势环境，只要顺着前人们堆砌的玛尼石行走，就一定不会迷失方向。

——黄鹄之一举兮，知山川之纡曲；

再举兮，睹天地之圜方……

站在山顶的最顶端纵目四眺：方圆天地间，弥山跨谷处，皆可成为我独享之世界；大自然可以如此地拔高人的眼界，赋予人生命以外的精神维度，无须振翼，亦已凌云于山河当空。复次，遥望十方，眼中的一切又是那么的微渺，我从未像这样平静地俯视过苍茫大地；静谧的空气里徐风拂拂，任凭满眼自由与清凉的视野，带着人肆无忌惮地遨游到天的尽头。原来，人是可以如此高大、真实；无所畏惧地站立在我们的星球之上。

翻过垭口即看到山下不远处的环湖路，我亦像一个刚刚完成了攻坚任务的战士，挥洒着胜利的汗水，昂首阔步在崎岖的山路上。

（三）

再次看到仓多是在路边一所简易房子的门前，老远就冲我挥舞着双手。待走近时他向我示意，今天的行程到此为止，晚上就住在这所简易房里休息。我看了看时间，离天黑大约还有四个多小时的距离，就这么轻松地结束一天的行程，实在不是我想要的结果。更何况此时的我，由外及内都充斥着一股势不可挡的激昂，怎么能容得下自己如此轻易就安逸在舒适之下。我直接摆手否决了仓多的建议，索性连进去小休息一会儿的邀请都拒绝了，沿着更广阔的戈壁，朝着纳木错湖的方向大踏步走去。晾在路边土墩上发呆的仓多，或许还不能理解关于激情的真正含义：那真是一簇一旦点燃就难以熄灭的慧炬之光，那种光与热可以延展到精神层面的无限境。相比之下，仓多这样一个生长在广袤的天地间，无有拘束，不问烦恼的人——亦是一个鲜活的、从来没有经历过长久压抑的、更没有接受过制约的生命，他又怎么能体会得到，对于来之不易的舒展和释放的那种近乎疯狂的迷恋与珍惜。

快速地走了一个多小时之后，在视线尽头的地平线上隆起一道延绵的山梁。经过仔细的观察和分析，我大胆地判断如果从戈壁腹地横穿过去，就一定可以绕过好几个曲折回转的大弯道，在节省不少体力的同时也能赶在天黑之前找到宿营的地方。那山梁是一条横着穿插在戈壁的直线，它将会引导着我直达并翻过远处隐约起伏的山脊，而山脊的那一边则肯定就是优雅谐静的纳木错湖。有过之前翻山越岭的经历，很自然就被那股激情与自信怂恿着，再次推进了戈壁深处。

满铺着碎砂砾的戈壁滩里聚集了一池分不清颜色的水，面积不算大，水岸沿线均在人目光环视的范围之内，但它也绝对称得上一个小型的湖泊。附近呈一片枯褐色，没有湿地和青草，甚至缺失了一切含有生机的颜色；就连投映在水面上的天空，更是表达不清自己的光影里到底属于哪一个色系，泛起的层层粼光里，如掠过了灰蒙蒙的一阵浮尘。幸好偶尔会有云花漂过，还能不时地挑动一下那种遍布湖面的死寂。

快要接近水边时，土地已经异常的松软，褐色的沙土里搅拌着硌脚的碎砾石。直到行走已经非常吃力，心头才暗暗叫苦：这是一段比爬山更加挫人的征途。

虚塌的沙土里脚蹬不上劲儿，每朝前跨一步，后脚都像是被一只绵厚有力的无形巨手拽着往沙土中陷入一次；待费力地将重心转移到另一只脚时，拔出的这只鞋里已经钻满了苦煞脚底创口的碎砂石。这一刻的鞋里已经感觉不到脚的存在，全是塞满着各种针扎刺挑般的痛楚，阵阵袭扰着人的神经。只好坐下来清理一次，等穿好鞋子还没站起身来，一撮新的砂子就又钻了进去，再次起身行走时，依然是赤脚踩在碎石渣上的味道。只好抹一把冒满额头的虚汗，想着咬紧牙关忍住所有的不适，赶紧走出这段犹如被下过诅咒的歧途。结果，越想快则越费力，愈加地抽动了全身令人发抖的劳苦与紧张。好容易踉踉跄跄挨到水岸边，才意识到自己这条路线的选择是多么失败。虽然绕过了一大段回肠曲折的环湖路，但此时却感受不到捷径所带来的片刻轻松。立在这池不知其名的水边，没有丝毫清爽的灵透感，闷沉沉的压抑将人堵得喘不过气来。

一直以为只有在原始的丛林中，或者草原湿地的深处才会有陷入沼泽的危险，万万没想到在这不着半株生命气息的地方，也暗藏了被泥沼吞没的险境。等到发觉时已经身陷危机之中，一条腿的膝盖以下已经完全淹没在淤泥里，而另一只脚还没来得及跟上，真算是不小的幸运。虽然陷得不深，却借不到半点力量，每动一下，前面的脚都像被无数股细微的藤蔓紧紧地箍住一样向下沉去一分，僵硬的身体再也不敢妄动分寸。只好慢慢地、不动声色地深呼吸，尽量不去刺激这些“饥饿”的泥浆，努力地安抚着它们，让它们和我一起镇静下来。是的，我们彼此都太兴奋了，以至于锋芒相对地绷扯着对方的神经。稍息片刻之后，泥沼似乎已经体会到了人类的屈服所带来的满足，停止了对我的吞噬。

我开始尝试着，轻轻地用手杖在身体的周围探寻。西沉的太阳更加速了内心的恐慌，但表面上还得故作镇静地稳住。

上天总算还是留了一点运气给人，手杖从身体右侧的泥淖里，探在了一块可以大胆借力的石头上面；后脚虽然陷得不深，但只可以用来保持平衡。想用力收回前面深陷的那条腿，只稍稍发力，那泥潭深处就好像又伸出若干只难缠的触手，死命地攥住人的脚踝，任凭使出多少力气都被它们绵绵地吸纳而去，并且越缠越紧。赶紧把所有的重心都转移到手杖之上，像撑船那样抵住那块幸运石；缓缓地左右摆动着被淤泥吞没的左脚，从膝盖处的松动一直向泥淖深处蔓延下去。我感觉到有了空气的流动，流入身体和淤泥之间；触手们终于开始松动起来，渐渐地可以使得上往回拔动的力量，最终一点一点地完全退了出来。

可能是连滚带爬地将自己转移到坚硬干燥的砂砾地。面朝夕阳，我像是刚从泥浆里泡出来的一样瘫在戈壁滩上；不，压根儿就是喘着粗气即将渗入这片土地的一摊稀泥。四周极致的安静让我趴在那里清晰地数着自己的心跳，那狂乱的跳动更像是残阳加速向西沉落的节拍。

等爬上对岸的山脊，天色已经完全地黯沉下去。山上的地况并非之前瞭望时想象中的那么“平庸”；我试着站在一处较高的丘陵上，去寻找希望的方向，但目所能及处全是不见首尾的黛色山影，一群覆盖着一群，黑压压的深远看不到尽头。我绝望地意识到：自己已经彻底地迷失了正途。而这其中的危险程度不亚于陷入沼泽之难。

半空中月影如钩，满天的星辰也晦暗无光；恐惧湮灭了人的自我，黑暗吞噬了所有的远方。我已经觉察出暗夜下的莽莽深处，有几只湿润而灵敏的鼻头正在兴奋地搐动着，它们在仔细辨析着今晚夜宵的风味来自何方；抑或在不远的地方已有几多双锋利的目光在黑暗中觊觎着，不露声息地剥蚀着我身上的血肉。它们匍匐在荒脊沟壑之间伺机而动；它们等待着夜幕下的猎物在绝望中轰然倒地。面对这种大自然里最原始的狩猎法则，现实且复杂的城市思维或许就是最后压来的那根稻草。

智能科技在发展和武装人类文明进程的同时，也加剧退化着人在大自然中处理危机的本能艺术，很多原始技能的丧失让人在漫天璀璨之下竟不知所向。我能在繁星银海中抓住北斗七星的尾巴，却无法利用它来辨别自己应该前进的方位。孤单无援的惶恐驱散了临近极限的饥渴与疲乏，仓皇之间赶紧从随身的腰包里找出头灯系在手仗之上，然后打开灯光的闪烁功能，高高地举在上空的黑暗中。我不敢再向前挪动半步，准确地说我已经没有了前方。只有在心中默默祈祷着、盼望着仓多能在茫茫夜色中捕捉到这颗闪烁在迷途里的孤星。

焦急的时光，刹那间也显得无比漫长，一刹那仿佛就是一个世纪；我像一棵枯朽了千年的胡杨木，颤巍巍地独立在黑漆漆的荒野，一动不动地盯着夜空下的渺渺茫茫，不知道盯过了多少个世纪。

终于看到山下远处有灯光游移过来，并且不间断地传出摩托车的鸣笛声。没错，是仓多！他到底还是发现了这颗求救的孤星，向我传来了下山方向的信号。有了明确的方向和等在山下的仓多，对我来说无异于绝境逢生的胜利。就连满天的繁星也一反先前冷漠的晦暗，跟随着我的头灯热闹地闪耀起来。

仓多没有起身迎接这个不听指挥且惊恐未定的迷途者，依旧大咧咧地跨在摩托车上，我的头灯也再次约定般照亮了他嘲谑式的笑容。幸好我们之间的语言系统还处于两个不同的世界，因此我躲过了一场无可辩驳的批评教育，只需在黑暗里承受一小会儿他奚落我的眼神。

我忍住了给他一个拥抱的冲动，把所有的感激悄悄地用心掩藏在心底深处，这次是最真诚的感激。

现在看起来我的大方向还是正确的，只是由于紧张而引发的慌不择向遮盖了人清明的意识；再加之浓厚的夜色，它抹去了山下的环湖路和纳木错那边浪漫的湖光山影，将每天熟悉的天地都雾化在一片秘不可测的未知之境里。

我向仓多示意，已经这么晚了，我们就地扎营休息吧。但是仓多直接就拒绝了。他站在一个土丘上指着前方对我说："帐篷……帐篷……"

这次我谦逊唯唯，听从了他的建议。事实上在这漆黑的高原夜风里，已经不允许我们选择到一个适合扎营的地方了。不过，顺着他手指的方向看过去，除了深不见底的黑茫茫一片，也是什么都看不到。我没有向他询问到达最近的帐篷还需要走多久，不是因为语言的障碍，而是我觉得我们之间应该树立一点秩序了。失控的自由与自我放逸了人的恭敬心，恣意的任性终会引来不测之祸。

等找到一个牧人的帐篷已经是深夜子时，在帐篷内微弱的灯光下，仓多才发现我从头到脚被淤泥涂鸦的惨状。他惊讶地轻呼了一声，赶紧让我脱下挂满湿泥浆的鞋子和外衣裤，拿到帐篷外挂晾了起来。然后回来和帐篷的主人一边抽烟，一边用极快的语速聊着什么。我则盘坐在旁边的小木床上等待着他们聊完之后的安排。

这也是一个刚从别处临时迁移过来的帐篷，地面上还遗留着才挖过杂草树根又摊平的痕迹。空气里飘游的是植物的伤痕味，里面搅拌着潮湿且新鲜的土腥气。帐篷内设施简陋，除了两支小木床，再看不到任何有关于生活的信息。土绿色的篷布已经陈旧破烂，遍布上下都是通风漏气的窟窿。因此，今夜在此借宿的不止我和仓多，还有围绕着微弱的残灯横飞乱撞的各种虫蛾。一只只扇动着毛茸茸的大翅膀，将本来就显拥挤的小帐篷扑腾得格外热闹。当然，在荒莽之野过夜，这样的热闹是不可避免的。

窗外星河灿烂，帐篷的小窗上也挂满了扑扑闪闪的各种虫子，翅膀上反射出星星点点的光亮。它们从黑暗中寻着光而来，争抢着挂在这块蛛网一样的小纱窗上，不知道它们是否知晓，它们自己的身体上正闪烁着夜空里最美的熠熠荧光。就像每天都在为自由而努力、而宣誓、而战斗的人们，或许最终都不会明白，正是自己孜孜一生所追求的那种自以为是的自由，束缚了自己与生俱来的、最质朴无尘的自由。

疲惫与饥饿一起激烈地活跃着，争夺着人感官上的高地。但是如果能让我即刻就入睡的话，我宁愿任饥饿延续到梦中直至天亮。仓多没有让我如愿地睡去，死活都要拉我起来吃东西，在恍恍惚惚中，甚至都不知道他给我塞过来些什么。

帐篷的主人将两支小木床让给了我和仓多，他自己在阴湿的土地上铺了一张塑料布，就直接裹着藏袍躺了上去。我只记得自己在迷迷糊糊里，闪过一个感恩于途中所有善良的人们的念头，然后就沉沉入梦而去。

七、多情的牧人

（一）

清晨的环湖路上没有烟尘，飘浮了一层均匀的雾气，是这条沙土路的一天中唯一可以畅快呼吸的时段。可我还是要放弃了这段相对平坦的路途里难得的清新，快步疾驰地奔向葱郁蒙蒙的草甸子。那里浮动着更清纯的气息；盛开着挂有露珠的花瓣；平静的湖水和即将漫天渲染的朝霞。

太阳将出还未露的这一时，淡淡薄幕弥漫的湖边天地宛若一方幽隐的秘境，有无数湿漉漉的生命浸眠其中；静悄悄地蠕动着，也似乎在做着要从压抑了一整夜的迷雾中挣脱出来的准备，不露声色地勃发出向上、挺拔、生长的活力。

随着早霞云影的游动，我渐渐地看清了远在地平线上的世界。那若隐若现的雪山啊，让万物在迷蒙中一下子就灵透了起来。湖边的蒙蒙水雾犹如伴随了一段低音大管呜呜的庄严，沉郁悠绵地缓缓散开。人有了清晰的视野，才好去寻找灵魂的方向。

湖水一层一层地过渡出妙幻的色彩，那该是对一夜美好自言自语的叙述吧。每一层的光晕里都萦绕着一段梦境；每一段的梦境里都留下了点点滴滴动人的故事。上天曾赋予过人们聆听自然的官能和欣赏并理解其中的本事，但事与愿违，我们仅仅在利用造物主的这些恩赐不遗余力地创造着自甘堕落的优裕和奢华，将那些宝贵的种子丢弃在大自然的智慧花园之外。这让我经常会因为无法聆听自然的声音；不能捕捉自然的灵犀和丧失了融入自然的天赋而遗憾不已。

神秘的漪晕一波接一波地荡漾着，由波心向湖岸扩散开来，温婉地涌荡出一曲深邃绵长的旋律。挣扎、强烈、柔和、抑歇、婉转……一波还未过去，紧接着后一波已经涌出；相同的旋律在强弱渐变中一泓一泓反复地描述着、表达着；从那些纯净的音色里传出的是纳木错梦里最美的花絮。水面上烟波漂游，念青唐古拉的身影依然浮溢在爱恋不舍的流连中，那真是好一段古老醇长的沉吟啊。它颤动在温柔的湖面上，相融在清润的空气里。峻峭的雪峰永远是纳木错最浪漫、最幸福的回忆。

两只白色的水鸟贴着湖平面滑翔而起，冲向晴空，脆生生的几声尖鸣划破了谐润的谧境。岸边的青草也像是刚被唤醒一样，摇曳着身姿，随着水波里的旋律摆动起来。一只鼠兔懒散如醉态般，扭动着屁股姗姗穿行在草林里；时不时也会停下，立起身子，从绿丛中探出脑袋朝天边瞭望。我不想惊扰到它睡眼慵憨的萌态，只好也驻足转身与它一起展望天际。

自天边云霞的空隙间投射出来一束束密不可数、温暖且犀利的光芒，好似一双双充满了无限生机的妙手，小心翼翼又含蓄柔巧地抚摩过天穹下的每一座雪山、每一片草地和湖水中的每一个精灵。最先披上霞光的是前方的三圣石，原本暗褐色的山石如同裹了一身紫金丝缕的佛衣，一道蜿蜒的金线正从他们的顶端一段一段地描绣下来。金色的光芒里辉映出“贤圣”们的庄严，闪耀着播洒在大地上；照映在温清多彩的湖水里。一时间，水中波光潋滟，犹如有粒粒灵动的金色音符活泼泼地炫舞其中，如钹如铃，如丝如磬；又仿佛清亮的金石之响，穿透了先前那个令人似醉如痴的暝漠之境，让人置身于一个金光琳琅的世界里，却没有丁点儿凡间富丽煌煌的世俗味。大自然无时不在喷薄着用之不竭的灵感来创造着和感动着世间的一切生命。在这种大手笔之下，无论是疾风骤雨般的泼洒还是点滴不漏的精雕细饰，其作品也不会流露出丝毫违和的造作之态。满世界都是深入灵魂的激情，在一片和谐中化育出万物的生趣。

微风轻轻搅动着云花在空中飘散开来，交叠流转。湖水里的粼粼波光也随着云影的变化而无常地游移着，如被大块大块漂染过的、素青色的纱巾一样清雅纤巧。从晨光里流淌出一段柔美的缠绵；拂面的风儿裹着大自然乐团里最丰富、又不失统一谐美的韵律，就着纯净明亮的调子，悠悠地推出一片仙韵妙曼的湖畔。朝阳滋沐之下，在这片暖融融的无限清透里，所有的生命都真切地贴紧了自己的灵魂。

我拄着手杖，跛着脚儿，意态轻盈地穿过一丛又一丛的草甸子；跨过一滩接一滩的溪湿地。温顺舒爽的湖边风光把人熏沐得欣悦释然，无从想象，这世间还能否再遇到如此沁人心神的早晨。

透过高低错落的灌木丛，我看到前方停了一辆越野车。在车的旁边扎了几顶彩色的帐篷，周围有些人影在缓慢地来回移动着。帐篷鲜明亮丽的色块在高原湖畔跳跃出一小片青春气的热闹，让我平静的内心一下子澎湃了起来。那是几块最年轻、最动感、最繁华的色彩。我突然意识到，自己开始有点怀念那些繁华了。我努力地克制着这些“怀念”，毕竟才出来十几天而已。但愿这仅是一点小小的冲动：渴望着和来自内地城市里的人们交流一下，向他们讲述那戈壁滩上一路尘风里的见闻；同他们共享这金色旭日下，草甸湖泊间最辉煌的、生生不息的生命华章。

哦，想想过去恍若隔世的那些日子吧，自己曾是多么厌恶都市喧哗里的一切闪烁和跃动。也曾决绝地摒弃了生活中的所有匆匆碌碌，甚至收敛了自瞳孔内释放出的所有热情，任麻木的目光冷眼着世间浮躁的声色。也偶尔会自以为是地认定：自己的人生阅历及内心世界，早已强大到足以蔑视熙攘人潮中一切精彩的元素。过度的自我心理促使着人有意识地不屑于世情里的摸索逢源；也懒得在竞争中腾挪博弈；更不堪在低媚的丑态下讨得半杯残羹。本以为身体力行的游历不失为避世的一股清流，没想到，仅仅在高原旷野的孤旅中苦徒了几天，即被几块荒丛土丘里跳跃而出的现代色彩搅浑了原本就浅陋的澄澈；勾起了对现代舒适生活的留恋；窥掘出内心深处，想要从压抑的孤寂中再次突围出去的隐秘意识。那是一块何等悲哀的隐秘啊，让人从中看清自己过去那些无病呻吟的抱怨与逃避，才是多么的幼稚、无知可笑和令当下无地自容。

他们一行五人，来自京城的两个小家庭和一个兼着导游的司机。卸下现代都市生活里一切的忙碌和困顿，不辞劳苦地来到高原；他们把旅行和修行融合在同一个时空之内，所以也是虔诚的朝圣者。此生能够有幸来到这块圣土上，与相知相爱的人悠然地依偎在纳木错的身旁，那该是几生几世的福报啊。转湖对于这些善良的人们来说是朝圣，也是祈福，更是让自己获得一份自雪山湖水之间育化出来的无上清凉。

今天是他们行程的最后一天，几个人都在匆匆收拾行装，准备在天黑之前返回拉萨。虔诚的人们像敬畏佛菩萨一样，恭敬细致地清理着自己住过的营地，没有给这片净土留下点滴不妥的污染。

我像一只离群很久的羚羊，历经艰辛终于又见到了自己的族群一样，有些按捺不住内心对他们的亲切。不知道想说点什么，强烈的交流欲让我显得有些语无伦次；有那么多的积累想要表达出来，却找不准一个合适的开始。简短的客套问候，匆忙间的沟通了解，虽然不是那么深入的交谈，只淡淡地经历了几句问与答的过程，对我来说也已经弥足珍贵到不可忘怀了。他们援助了我一些食物和水，这些难得的援助，在我接下来几天的行程中发挥了巨大的作用。因为时间的关系，我们只能在湖边合影留念后互道珍重，依依惜别。

似乎又轮回到一个春天的早晨，才生发出这样一个崭新的世界。让我在不知不觉中消散了在上半截的人生过程里所滋生出的一切怨气，并开始努力改变着以往面对厄运来临时的失态与绝望。上天终是公平的，在为你的过错降临惩罚的同时，也会在你的生命里为你储存一些惊喜般的眷顾。在遭受了那些接二连三的苦难之后，赐予我如此丰厚的幸运和珍贵的机缘，他们是：湖水、雪山、朝霞、温暖的阳光、清冽的空气和可爱的人们。

人与自然也如同人与人之间的往来，难以避开一个因缘际会。旅途中的我们总会在蠢蠢茫然的过程里，错过一些看似不应该错过的美景奇观。而每次错失的背后都会有这样或那样被忽视了的，本不该被忽视的原因。于是，一次次遗憾的擦肩而过就发生在浑然不觉之中了。

我认为最美好的旅行就应该是一场任意而为的即兴发挥，划定一个大的方向和主题就好，省去多余的繁杂细节；背起行囊便走，完全不必被那些翔实的攻略或计划所局限。我还觉得：所有的旅程在开启之时，那就应该是数尺铺展在时空隧道里的长卷素绢。任由行者自在的脚印往上面探索着、磕磕绊绊地去跋涉，或是在意态轻盈时行云流水地漂泊或奔跑。一步一步的涂抹顿挫里都是沿途的风物和生命的历程，也有那人生命途中曲折的线条、鲜明的色彩和渲染之后的相宜浓淡。这些宝贵而不可复制的游历应当是人与命运在合作、妥协和对抗的过程里天然而成的作品；虽与笔墨无关，却在每一个独立的灵魂深处都可以留下一幅永不褪色的、无比逼灵的灵魂真迹。

不过，就在今天，我遭遇了自己的这种固执所带来的惩罚。因之前没有做好功课而受到了令人抱憾的遗漏。错失了拥有三百多年历史的格鲁派寺庙“恰多寺”，还有最著名的自然景观之一“圣象天门”。它们就隐藏于三圣石后面的恰多郎卡岛上。因此，在环湖路上行走的人只能看到大山的背影，却丝毫感受不到这些圣迹身上遗存了几百年的体温。也应该是被苍多再次警告必须走环湖路之后，受到了环湖路的牵制，才与那神奇的天工之妙交臂而失之。这并非抱怨，因为，我也在毫不吝啬地感激着苍多对我人身安全上的负责。抑或这又是冥冥中注定的因缘未到。

（二）

仓多的摩托车停在离山路不远的一顶小帐篷旁边的土丘上。停得那么高，应该是他有意给我留下的一个“路标”吧。我觉得他在向导的这份职业上愈加的成熟专业了，因为这会儿也正好到了我需要补充饮水的时候。

但事实的真相总是令人意外。待我进入帐篷之后才发现：今天的帐篷里有些冷清，缺少了藏地家常烟气缭绕的热闹和酥油乳香。仓多的状况更是与一个专业向导的“操守”毫无关联。同时，也再次证明了：这个离经叛道的牧人一定是上天撒落在高原上的一粒多情种子。帐篷内满满浓郁的暧昧气氛，已经让人听得见缘于一场美丽邂逅而引发的怦然心跳了。

仓多盘着双腿坐在潮湿的土地上，他正对面的小木床上靠着一位美丽的藏族姑娘。女孩侧身倚坐在小窗边，也盘了一条腿，另一条腿顺势搭在床沿边上。她的两只手自然地交叉搭在一起，一套有些陈旧的藏族服饰，紧紧地裹出了女孩丰满妙曼的身姿。

我的突然闯入兴许是惊到了他们，也可能打断了他们含情脉脉的浓浓私语。仓多略显惊诧地朝门口扭过头来，他的眼眶里注满了一股安静温情的液体，让我多多少少对他产生了些陌生的不适应感。女孩不紧不慢地向呆立在门口的我扫了一眼，随即就将疑询的目光撩回到仓多脸上。那是一双含雾凝霜的大眼睛，毛茸茸的眼窝里水波弥漫，卧着两颗晶莹明亮的“紫葡萄”。脸蛋儿上已经找不出少女的羞涩，散发着几分高原红泼辣的温度，那温度应该就是那两颗“紫葡萄”酿制出的醉人的绯红，溶解了藏民皮肤里特有的粗糙；晕染出一些浓烈的与女孩年龄不符的风情。从她身后的小窗外，斜着照射进来两道浮尘乱舞的光柱，像两个高大威猛的守护神一样，勇武地将女孩拥在中间。我猜想，定是这份天降的贵气融汇在她目光内透出的烈傲性情里，形成了抑制住仓多雄性激素爆发的最后防线。

傲视了我这么些天的仓多，在一切的美丽面前都没有任何抵抗力，但他肯定不能算是英雄，他的身上没有流淌着那种高贵的历史基因和沧桑的血脉。因此，他只能尽量让自己显得更卑微一些，坐在任她俯视的地面上，以配合着她优越的高冷气质。那种高冷一旦有了内涵，就成为一种娇艳的威嗔；我从这种冷眼威嗔中看出了她面对这世俗中一切燃向爱的欲火时的蔑视。她让自己和仓多之间保持着一段只限于眉目相倾，却不可贸然亵渎的距离。

女孩的风姿绝无精心装扮之痕，是未经雕饰而天成的高原之美。不知道在仓多眼中是否也能理解得了这种非寻常可见的天赐颜色。但从他的眉眼之间所传达出去的信息来看，他对于这种美的着眼点还仅仅停留在被欲望驱驰着、窥伺或觊觎的层面。或许，也正是因为他的意识里只抱有那种单一且低级的本能需求，所以才被女孩撩拨得憋了一脸紫红，大有纵使置身刀山火海也不管不顾的势头。请允许我在此毫不夸张地形容一下：她是我目前所见过的最漂亮的藏族姑娘；她的脸上有那种在文艺复兴时期的古典油画里才呈现过的、鲜活的古典气息，足可惊艳了这片浑厚土地上所有雄悍者的眼睛。

坐在地上的仓多回头冲我狡黠一笑，刚要起身招呼，即被我从肩膀上按了下去。我给他做了一个请继续用心的手势，然后装作若无其事的样子去找暖水瓶给自己的壶中续水。本来续水之后就该远离这场尘缘是非，回归到遗落在山水间的圣迹之中。但是，凡心一念处，帐篷里的风情还是给人硬生生地塞进来一分放不下。

干脆坐下来先喝杯水，休息一会儿吧。

我的暂时停留让帐篷里的气氛发生了一些变化，仓多似乎从我身上扒拉出一道新的和女孩搭话的茬口。他们的对话全是藏语，不过，从对答间的眼神和表情里足以判断出，所谈内容的主角应该还是转湖的汉人。

藏北高原给年轻牧人的性情里注入了太多原始的自由；单调的游牧生活缺乏滋养鲜活爱情的养分；野性的情感世界里盛满着放纵的艳色。从荒凉的戈壁到苍厚的草甸子里，几乎不会出现礼法和教条的规束；他们的人生轨迹里只奉行从最天然的需求到最直接的获取，这其中鲜有婉转的温柔和理性的妥协。他们很清楚自己想要得到什么，也很直接地表达着，这种直接最大的好处是可以省去了选择上的烦恼，以及被拒绝之后的难为情。没有烦恼的仓多只需大块吃肉；大口喝酒；狠劲地吸烟；肆无忌惮地猎取着生命中所遇到的每一份能激发自己原始情感的美好。这些等等可能就是他已经实现了的理想生活。

荒原上的小帐篷就像一节自由且浪漫的车厢，原本是要载着这两个春情悸动的年轻藏民到一个他们从来没有去过的、足以幸福一生的名为“爱情”的极乐世界。青春岁月的爱情，无疑是上天赐予所有女孩最珍贵的礼物；即便在最原始荒蛮的部落里，那也是一捧超然于生命之上的甜蜜。但遗憾的是今天的这节车厢却没有找到爱的方向和站点，仓多只负责原地旋转和就地燃烧自己的热情。他用另一种方式把人生的情感度化为直白和简单。在他的世界里，爱与被爱；爱别人还是爱自己，都如同彩色的云朵一样，是虚幻不实的。他可能永远都不会看懂自己面前的美丽姑娘，从她眼睛里所闪烁出的清冷，正是发源于她灵魂深处的爱情高地。他稀里糊涂地放弃了一段可以柔软自己性情的关于爱的修行。

他往来的呼吸急促得像是高原反应的前奏，充满了雄性荷尔蒙发酵的气息。对于他来说，浪漫的殷殷私语就是此刻最残酷的煎熬。那双鹰隼般犀利的目光已经开始变得极不耐烦；他锁定了“猎物”，并释放出源源不绝的、搂着“猎物”

就地打滚儿的欲求。那种欲求是天然的，属于本能；也是宗教的，属于原罪；更是无所谓的，与这片虔诚淳朴的土地格格不入的另一种活着。我已经意识到，他很快就会将那些不耐烦冲我发作过来，他的眼睛里已经在放射出厌恶着我的存在的光芒。

只好匆匆喝完杯中的热水，独自收拾好行装默默启程。在我临出门时仓多一跃而起，跳过来将我拉住。我心底一惊，以为他要从我的身上向正在追求的女孩展示一番自己的威猛和阳刚。但他却躲闪着我已经盯住他的眼睛，默不作声地拉开了我的腰包，在里面任性地翻找起来。我茫然无措地注视着他，等待着他接下来的真实意图。

最终，他从我的腰包里拿走了几个巧克力。我明白了，他要拿着我的补给品去给美丽的姑娘献殷勤。

出了帐篷就为自己的不知趣好笑了一番，我这样一个陌生的局外人明晃晃地坐在那里，憨乎乎地一眼盯住两个故事的主角，任凭仓多的脸皮有多厚，那剧情也没法再按照他所想要的结果发展下去！

站在环湖路上，朝着远方瞭望的视线被深深地埋没在群山野岭中。接下来的旅程有点艰难，前面开始进入一座接着一座光秃秃的大山丘。无法判断它们的海拔，只能看到山的顶端还堆积着一层层棉絮般的云山。这里没有可供选择的捷径，唯有踏踏实实地沿着这条蜿蜒的砂砾路——上山；下山，上山；下山……山的那头又不知延伸出去几多相同的山。

下午在山间的路边休息时，仓多骑着摩托车也慢悠悠地爬了过来。他没有下车，只停下来冲我咧了一下嘴，算是打了个招呼。见我无甚反应，便继续歪歪扭扭地朝前驶去。

本来正借着这山谷里的幽隐之气凝神遐思，可仅仅就这么一个短暂的照面，他又勾起了我的浮想联翩——我走了之后他们是如何发展的？我的巧克力有没有发挥作用？仓多是否如愿地俘获了佳人的芳心？或者还做了别的什么事……

这些无孔不入的念头总是不放过任何一个可乘之机。当人的胸中越是澄清若湖面之时，那妄念的入侵越会浓密无间；无声无息如同一片片枯落的残叶悄然飘至，落在空寂的思绪里，荡起一层又接着一轮令人心神不定的涟漪。

不由地想起六世达赖喇嘛·仓央嘉措的一首关于妄念难消的诗：

入定修观法眼开，祈求三宝降灵台。

观中诸圣何曾见？不请情人却自来。

贤圣大德尚且如此坦率，一个凡夫俗子就不必纠结于一时一念的纵情驰骛了。

只是……唉！可惜了我这朝圣之旅中难得的一片清宁。

山里的小路安静得出奇，静得让人不敢停下前行的脚步和一口接一口的喘息。身外极致的静会引发体内激烈的动，在每一次的停歇中，我都能感受到自己身上一汩一汩跃动的脉搏，还有血管里血液淙淙流淌的声音。浓烈的静一直把中天的日头熬到了西边，也把苦行路上的人磨炼到疲惫不堪。

（三）

从身后又传来一阵摩托车的马达声，我停下在攀爬中摇摇晃晃的脚步回头看去，是两个年轻的藏族小哥。他们停在我身边用夹生的汉语问道：

“喂，你怎么样啊？没有高反吧？腿是不是受伤了？”我还没来得及回答，他们又问道：

“你需要帮助吗？我们是前边村子里文化活动站的，你放心好了。”

看来藏地的年轻人都习惯于在一口气之内解决掉所有的问题。很显然，我的背影在他们眼中已经出现了颓弱难撑的苗头。

“哦，我还好，能坚持；谢谢你们啊。”我冲他们笑着说。

“翻上前面的这座大山，再过去就是我们的村子，你如果有什么需要就到村里的文化站来找我们，我们会帮助你。”骑车的小哥热心地跟我安顿着。

“好的，有需要的话我一定会去找你们。”我发现自己的语言沟通能力也越来越迟钝了，表达中硬邦邦的语气自己听着都别扭。还好这是在藏地高原上，没有人会在意那些进步时代里矫情的客气举止。

“先走了，你自己小心点。”俩人一起朝我摆了摆手，加大马力向前面的山坡冲上去。

“谢谢你们啊……”等我挥着手喊出来的时候，他们已经走远了。

费了好大力气才翻上那座大山，身体已经接近虚脱，但视线却豁然开阔。八面环山之内居然舒展着一片郁郁葱葱的生命原野，人的精神随之一振，犹如一股不竭的能量正从脚下缓缓注入。天空中不知何时已聚起阴云，凉风乍起，这是上天给烈日下炙烤了一天的人最大的福利。遗憾的是今天的夕阳不那么美了，朦朦胧胧地穿行在西山顶上的云堆里。云的下面覆盖着碧油油的牧场、成群的牛羊和零星的帐篷；一条细窄的河水不知从哪里冒出来，在草原上静静地划出一条河界。河那边的山坡上集中着一些灰墙黑顶的藏式民居，有淡淡的炊烟正从烟筒内悠然地盘绕着飘起。

下山基本无须花费什么力气，很快就穿过草场，翻上对面的小山坡。仓多和一个比他更年轻、更加黝黑的藏族小哥斜卧在草地上，看情形不仅仅是为了迎接我，他们正出神地看着天边变化莫测的行云和夕阳。我卸下身上的行装和一身的疲沓，重重地瘫坐在他们旁边，仰面朝着天空深深地长嘘了一口气，浑身紧绷的细胞在瞬间就松弛了下来。很多时候，生命的苦累并不在于劳作多少，而是我们总要绷着那么一口看似平常，却不愿平凡的气息。

太阳离远方的山影越来越近，他们俩都没有要起身的意思，我也只好安静地半躺在草皮上，闭了眼睛，陪着他们倾听着从高原上的村舍生活中发出的声音。这里是最写实的人间：有孩童们开心的嬉闹；河边背水的妇女；牛羊群里饱餐了一天的咩咩欢乐和牧羊犬汪汪叫餐时的委屈吠号，还有风起云涌的气派和天边的夕阳正在向这片人间乐土的挥手告别，那告别里满载着一整天里一整个世界的故事。

我想知道，这颗经过了亿万个洪荒尘劫的火热星球，它的眼睛里到底累积了多少时空里精彩绝伦的故事？！那真是一部属于大自然的、不朽的史记。传说中悟道的圣贤都具有窥天鉴地的神通，不知他们是否有幸可读懂这部辉煌巨著里的内容。

哦！夕阳依旧，心境已超然于前尘。

今天晚上就住在陪我们一起观看日落的藏族小哥家里。放下行李之后，仓多让他骑着自己的摩托车，带我爬上村子里最高的山坡。藏族的小伙子们驾驶摩托车的能力，也像平日里驾驭牦牛和骏马时一样，不论爬山或下坡都充满了脱缰一样的彪悍气势，坐在他的身后，我紧张得差点要撕破他的藏袍。

他要给我指引明天应该如何行走的路线，但是他的汉语水平和表达能力还不及仓多。手指着远方的山影示意了半天，却令我越发云山雾罩了。我向他打听村子里的文化站，因为那里有途中相遇的会讲汉语的两个小伙子。结果他还是咿咿呀呀半天，不知道是听不明白还是讲不清楚，我也只好遗憾地摇头作罢。

年轻的藏族小哥家里珍藏着一位漂亮的藏族姑娘，他们应该是一对新婚不久的小夫妻，因为房间里的一切布置都是崭新的。

晚饭还是清淡的藏面，干净可口。饭后本想自己到村子里转一转，看看能否找到那个文化站。但一出门口就被外面的世界吓住了，寂静安详的高原山村里已经星星点点，我想：灯光以外深沉的夜幕下，一定隐秘着不少牛羊们最忠实的卫士——藏獒；我可不想成为它们用来向主人邀功请赏的战利品。

晚上我和仓多住在外屋的茶椅上，躺入睡袋之后，我破天荒地在浑身疲乏中失眠了。仓多斜卧在对面的茶椅上连藏袍都没解开，一直倚靠在那里拨弄着自己的手机。我紧紧地闭着眼睛，努力收敛起心神强迫自己入睡。就在睡意始现的关键时刻，却听到仓多窸窸窣窣地起身了。他先轻轻地走过来观察了一下我的状态，然后就蹑手蹑脚地推开门发动摩托车，疾驰而去。我看了一下时间是凌晨一点多，不知道这个疯狂的牧羊人又要去哪里赴约。他的灵魂时刻遭受着诸多不确定因素的控制。我眼中所有的不合理组成了他一切理所应当的生活，对于我这样一个习惯于小心翼翼活着的人来说，遭遇这样一个大写意的向导，也算是奇缘一场。时刻都得承受着由他引发的各种担忧和对他一切不轨行为的无可奈何。很显然，今夜的睡梦里又被他给我强行地灌满了不踏实的思虑重重。

八、雨山桃花源

（一）

今天比平常晚醒来近两个小时，原因有很多。阴天、连日以来的劳累、大半夜的失眠、还有一夜未归的风流仓多……总之，又悬着不安的心在昏暗中度过了一宿。所谓的不安，并非疑心仓多有什么不利于我的想法，实则是担心他在月冷风寒的荒原上驰骋时的人身安全。起床后天已经大亮，拉开窗帘，只见到厚沉沉的乌云压覆在窗棂子上，就是找不到天空去了哪里。不敢再犹豫和磨蹭，以最快的速度清点了一下随身的行装，只要能凑合着开启今天的旅程就好。

没想到的是在我临出门的时候，仓多正好风风火火地闯了进来。从他浑身上下的状态来看，已经颓废到糟糕透顶。令我心中咯噔一下，倒抽了半口凉气。盘在他头顶的那根每天都乌黑油亮的粗辫子已经完全塌方了，一股一股杂乱地锈在一起；油腻腻的额头上方像摊散开的一堆被倾覆了的鸟巢，摇摇欲坠地挂在青黑的脑皮上，有一小捆枯糙如杂草般的小辫儿从倾覆的鸟巢底下钻了出来，少精无神地拖在脑后。青紫色的眼圈内已经英气全失，从布满了眼白的红血丝网里，渗出人在极度疲乏中挣扎着想要掩饰羸弱的慌张。原本就精瘦的身板已经显得虚塌不堪，裹在宽大的藏袍底下愈加的不协调。年轻牧人血性抖擞的彪悍性情已经荡然无存，潦倒滑稽地蜷耸着肩膀立在那里，落魄如拖着小辫儿、披了长袍还又被吊打了一夜的，还未翻身的农奴。

我无意去猜测他的夜晚经历了什么，能安全回来就是他和我的大幸运，我的心里也能稍稍安定一些。看他那样的状态，我没有婆婆妈妈地再去叨扰他，只是给他打了一个先走一步的招呼。他软绵绵地朝我点了点头，然后就直接趴在茶椅上呼呼大睡了过去，看起来这一夜仓多过得真是不轻松。

我觉得此刻最大的遗憾就是手头缺了一本藏地的皇历，否则一定要查查看，昨晚是一个什么特别的日子，让我们俩都过得如此辛苦。

以往的这个时间点应该是旭日初升、万物苏醒的时候。但今天的晨光依然被黑压压的乌云遮盖着，高原上的小村庄还像一只被午夜拥在怀里的摇篮，温软安宁。就连偶尔传出一两声藏獒的吼叫声里，也还带着困意未尽的哈欠。穿遍整座村舍，寂若空谷，憧影不见。我只好打消了边走边问路的念头，按照昨天藏族小哥指给我的方位，回忆着他指点中的细节，径直向远处的大山走去。今天的旅途依然是翻山越岭，也依然不知道山的那边是哪里。

让人感到意外的是村口路边居然竖了一块很小的路牌，上面的藏文底下清晰地标注着三个汉字：嘎雄村。这是我这些天一路走来能明白记下来的、为数不多的几个村名之一，对我来说这也许是语言不通所带来的最大缺憾。很多令人神迷的景物和精彩的瞬间，都因为缺少了一个有趣味的地名或一段愉快的交谈而渐渐模糊在我的记忆里。现在回想起来都有些怀疑，自己是否真的在那些精彩里存在过；是否和他们真实地相处过。如果说记录是人生不可或缺的一项生活技能的话，那么现在，我的这项技能里的很多内容已经四处散落到需要“再创造”的程度了。所谓的“再创造”，只是一个下意识的自欺行为，只为一抹瞬息即逝的华彩。

事实上，身处一个歌舞升平的时代，平凡的现实里怎么可能缺失了这种模糊真相的“创造”？对于所有的平凡来说，唯精编细作的“创造”或许才可有效体现并超越其生命本身的价值。正如很多原本无法完成，或根本没有健全的条件去支撑的一些体统与面子，那就得充分发挥这项特别的智慧去臆造了。它是一项从无到有、再到优秀的“艺术生产”，更是赋予一些教条主义“艺术意境”的奇妙过程，尽管那种生编硬造下的意境是冰冷的，因它脱离了自然的生命力。然而，又有什么关系呢？它们毕竟不是为了传世而诞生，瞬间的繁华就足以达到其存在的目的。

在纷扰拥挤的争夺中，人们总是离不了这些创造性的编造；即便它处于天然的对立面，缺乏着生命的脉搏。但它既是有形的竞争力，亦可兼顾无形的平衡性，可以在彰显一小部分不平凡的基础上，还能让各个阶层的人世间皆大欢喜地和谐起来。普天同乐，何而不可为呢？品相上有名有款严肃活泼就好，里子臭了也不伤大雅；现实的稀泥汤子里搅烂了一切对与错、清与浊的原形本质，“较真精神”早被贬谪为不合群的遥远异类。人们都心照不宣地“创造”着一些既可以冠冕堂皇的体现自我，又不会影响现实利益的“体面”；但它的确也是一项必不可少且意义深远的“事业”。虽然大多数平凡的参与都糊涂其中，抑或是懒得去弄明白自己所做一切的实际意义。最终的目的是在平凡与不平凡的相互照顾下——论证了彼此都不是在碌碌无为中混日子。大家齐心协力地“创造”着一个光鲜焕彩、互惠互利的大家园。

如果在被殉葬的身体之外，还能保持着一种清晰的、独立的思想，我想这种保持应该就是一种信仰了吧！

有人说“如果你活着不能独立的思想，那么你就天生为奴”。我觉得这样的说法都堪称伟大！

沉闷的雷声轰隆隆地在云堆里低吼着。没有风的造势，雨的降临也斯文了许多，从若有若无的纤毫点滴开始，这可不是高原上迅雷烈风的格调。不过，我是明白的，稳健的初始里往往蕴藏着持久的劲头。所以，在雷声才至时就赶紧给自己披上了雨披，并将所有的电子设备都收藏在防潮袋里。这些预防都是来自现代文明的好处，可以让人在恶劣的自然环境中，相对于原始而保持一些适当的优越性，但这种优越性也仅仅是自我感觉上的一小段距离。脚下的草木山川并不这么认为，恰恰相反，它们渴望着去接受那样的洗礼，一场风雨可以带来高原戈壁上一岁的繁荣。

但是，就在刚刚爬到半山腰之际，那种优越性也就荡然无存了。

狂风骤起，激发了雨的迅猛，重重帘幕一样垂满了身前身后。雨披被风撕扯着，早已经失去了它的作用。密集的雨珠噼里啪啦地展示着自己的霸道与强势，不仅要穿透人身上所有的衣物，还要在裸露的皮肤上也砸出千疮百孔。我已经无法抬头正视四面八方的一切，只能曲躬埋首在一阵阵水幕的冲击之下。艰难是必然的，因为跨出的每一步艰难里都是往世宿业遗留在今生的另一种清算。还好，山坡上有一条明显的泥泞小路，可以叫人不必为迷失而担忧；只需放心地弯了腰顶着风，在雨瀑中蹒跚向前、向上。我在风雨中祈祷着：这条泥泞的山路一定是上天允许范围内的一条捷径，祈愿它是正确的。

被压迫和操控的生命没有自己独立的视野，如活在永远也理不清的乱麻之中，常常令人无奈以及卑屈到欲哭无泪。高傲让那些孤独的灵魂只能远远地看着，看着这具在风雨中飘摇不定的皮囊，正被密集的雨线紧绷绷地牵掣着；不能掌控自主的平衡，也无法再自信地昂首挺胸。那种机械的任由摆布，连同目光也被蛮横地凝固了、呆滞在脚下四溅的泥水花里。雨泼风荡中不禁又触发了深深的自查：倘若不是这具贪图了捷径的皮囊，那些自天而降的千珠万线们又该去操控谁？去压迫谁？人为何总是放不下这条为贪一时之功利而迫使自己尊严尽失的捷径?

一个失去了独立自主的生命，他的情感世界或早已悲怆出八荒之外了。看着佝偻在倾盆大雨中的身影，向着遥遥虚空里——那掌控着万千丝缕的操纵者们彻声嘶喊：如果是必经的磨难，也不要叫他那么狼狈；哪怕结局是一场撕碎，也该让他傲然铮铮地碎在这雨山之巅！

自查经常会不自觉地牵动着人的惭愧。为了独立的自由才想逃离生活中现实的掌控，然而，急于求成的轻率又将自我丧失在这荒原上的风雨中。一时间突然若有所悟——原来，一切的操控并不是现实境遇里的“这些”或者“那些”，也更非大自然中的风雨阴晴。

有些生命生来就满载着一身斗士的气魄。不论是否理性，终其一生都要将自己置身于命途里所有的风口浪尖之上，活出了不受毫厘钳制的快意；而另一些生命则只习惯在唯唯诺诺的逆来顺受中讨生，试想一下，如果没有那些身处狭缝里的甘心承受，世间怎么会化育出供给掠食者们奢华的土壤？！然而，在不受羁绊的快意之后往往紧逼着进退两难的窘迫；谨小慎微的狭缝里却总能开辟出自如运转的乾坤。这其中也并无关乎斗士的英勇或恭顺者的懦弱，说到底还是受制于自己内心之所需所求罢了。斗士昂扬的轰轰烈烈，杀身成仁，醉心于一场痛快的过程；而甘愿俯身的低头折节却可换来安稳无咎，保得一个身家无虞。细思维之，有情命运竟无一不是受控于一己之私性罢了。

三国时期的钟太傅在劝勉友人的书信《昨疏还示帖》中说："繇白……此所爱有殊，所乐乃异，君能审己而恕物，则常无所结滞矣。"这真是大彻大悟之语！大隐隐于朝，在那个群雄逐鹿的动荡时代，位居三公的他却活出了一个如此恬淡疏朗、谦和宽宏的境界。

（二）

雨势在翻过了两座小山之后开始渐渐转弱。汗水从皮肤底下往外渗，雨水透过衣服上的纵横纤维朝里浸；两相融合之处，身上犹如被缠裹了几条水淋淋的棉絮，紧紧地束缚着，让人的呼吸愈加困难。幸运的是今天没有发觉出现高反的信号。两只鞋子里早已灌满了稀泥浆，每朝前迈出一步都会发出咯叽咯叽的声音，传出来的感受里不知是冰冷的渗骨还是受雨水浸泡后的伤口的刺痛，混乱的惨烈无从辨别。我已经不敢去多想两只受伤的脚板现在是什么状况了。

爬上最高的山，翻过垭口时发现在这荒山野涧中居然还隐藏着一个小小的村庄。稀稀拉拉坐落着几户人家，有田地，有花圃，有树木，有白色的块石、青色的片石修筑的房屋和院落；还有经雨水冲刷后发着光的卵石铺就的乡村小道，纤尘无染。穿行其间，如果没有继续着淅淅沥沥的雨水，或许就会有邻人相邀入园，茶饮作食的奇遇再现。那对我来说，这里就真相当于藏北高原上的一处世外桃源了。只可惜，一上午的大雨早已将村子里所有的好奇与热情都堵在了围墙之内。这样的天气只适合守着家人和热乎乎的酥油茶，围在火炉边享受着亲情之间的温馨柔语。墙外的雨声遮盖了这个世界的一切嘈杂；自然界的声音却让人间宁静到深邃。当然，我还是没有丝毫的勇气独自擅闯藏地民居的。这一路走过来，我已经彻底败给了那个叫作“狗”的动物。

浓重的乌云正在一层一层地消散而去，天空渐渐明朗起来。雨已停歇却依旧不见太阳露出笑脸，但是透过云烟之间的缝隙已经可以嗅出它温暖的味道。幽谧的村庄烟雾蒸腾，这里的绿丛中散布着五颜六色的点点片片；不论枝叶还是花瓣，都呈现出高原上的别处不曾见过的丰腴饱满和精神。我好像是正在穿行于高原深处的另一个人间。有意识地放慢了脚步，翘首期待着谁家能轻启柴扉，邀请独行的旅者进去畅谈一番：你从哪里来……要往哪里去？往昔为哪世……今朝是何时？

遗憾的是直至走出村舍很远，也未曾接收到期待了一路的邀请。山村之外还是令人长叹的大山，但心情已经从风雨后的悲霾里完全穿越了出去。太阳出来了，在遭受了一个上午的洗礼之后，温暖的光芒里散发着无限清爽。我决定坐下来休息一会儿，趁着阳光的温度整理整理从山林泥浆中闯出来的狼狈。先在向阳的树枝之间挂好鞋子。然后脱下湿漉漉的衣服、袜子、裤子逐一拧干，铺开在周围的岩石上；等坐下来时才觉得不妥，虽然身处人迹罕至的荒野山涧，还是又给自己穿回了一点衣服在身上，以将自己从面前的洪荒世界中分离出来。

我仰面倚靠在岩石上，映入眼帘的万里晴空下满挂着朵朵云花。簇簇聚散里辉映着发自太古时期的苍苍峰峦和清澈的湖水，那应该是我梦幻里神奇的海市蜃楼吧。有鸟鸣鹰击和蠢蠢牛羊，还有旅人满面皱纹里的沧沧须眉，以及浑身的泥浆和懒散成一团的糟乱。这些所有的画面里都在生动清晰地回放着天地初始时的浓郁与天真。

亦可谓：山风潇潇，绿野浮波；尘烟苒苒，行旅八荒。

出发之前在大背包里装了十个烧饼，是在拉萨的一个陕西馒头店里采购的，给每天的行程里随身准备一个。塑料袋里捂了这些天已经散发出酸馊的味道了，但依然是苦徒中充饥的神品。嚼几口烧饼，喝一杯热水就足以解决这大半天的生计问题了。能够如此任情恣性地散淡在这片可以叫人坦荡到不留底线的暖阳下，实在记不清多久没有这么率真地活着了，其中透着被一场山雨清洗出来的一股真切的人味儿。

下山的途中有新鲜的枝叶从天而降，惶恐躲避间抬头寻找缘由，只见一个藏民正从山崖上的树丛中探出头来冲我憨笑。我挥手给他打了个招呼，喊了一声：扎西德勒。他就像一只山猿一样，从茂密的枝杈和险峻的崖壁当中敏捷出几个起落，眨眼间就站到了我的面前。是一个比苍多更加精干的藏族青年。他满面欣喜且语速极快地对着我手舞足蹈地说了一大堆藏语。但是，一脸茫然的我只好以摇头耸肩相回应。他尴尬地摆摆手朝我笑了一笑，俯身捡起落在地上的树枝，用自己油黑发亮的指甲抠开一些表皮，自己先示范性地闻过，然后伸到我的鼻子处让我闻。看我一脸疑惑的表情，他随手将树枝递给我，自己仰起头向着天空双手合十，嘴里喃喃道：

“香……藏香……”

哦，我这才明白，他是在说采摘下的这些树枝都是制作藏香的原材料吧。

好的藏香是由几十种不同的树木药草加工而成。但在我的印象中，那些柏木香料及奇花异草，都应该盛产于原始森林里；来自远古的参天巨木丛中。而面前散落在地上的这些枝枝叶叶似乎都太柔嫩了些，不足以承载缭绕在圣域高原上空千年之久的那种沧桑和醇厚的味道。但我还是再一次认真地闻过之后，慷慨地送给他一个他能看得懂的称赞，尽管我也只是闻到了浓浓的雨后鲜腥。

直到看见路边摩托车上绑着的行李有些眼熟，我才发现自己在不知不觉时已经绕回到了环湖路上。看情形，苦熬了一夜的仓多这会儿已经活过来了。

掀开山路拐角处帐篷的帘子，第一眼就看到了躺在茶椅上的仓多，似睡非睡地眯着眼睛；旁边几个老藏民也好像受了他的感染，依靠着垫子坐姿各异，聊着有一句没一句的闲散。油腻的桌面上摆着几只茶碗，里面清着残剩的酥油茶。藏民彼此间的热情始终离不得酥油茶的温度；茶凉了，性情也就随之淡下去了。

等我解下随身行李轻轻压在仓多的藏袍上，他才发现帐篷里多出一个我。随即一骨碌翻起身来给我让座，然后去找地上的暖壶给我倒热水。我已经顾不得与在座的众人寒暄，赶紧脱下来还半湿的鞋子挂在帐篷外的树杈上；这双鞋已经成为载我走向圆满的方舟，是万万不可怠慢的。趿着赤脚走进帐篷，坐下来开始处理脚底的伤口，毫无疑问，这也是要命的当务之急。旁边的老人面无表情地看着我，没有言语，他们正试图从我递给他们的笑容里，寻找一种合适的交流方式。苍多把开水备好之后，就和那几个围观的老藏民绘声绘色地讲解起来，很显然话题的主角还是这个转湖的汉人。但我只能一边收拾脚伤一边抬头迎合着他们的频频点头，和脸上由僵硬慢慢过渡到活泛的表情。

鞋子一时半会肯定是干不了的，我让仓多跟帐篷的主人讨几个柜子上挂着的塑料袋，想套在新换的干袜子上，以确保让刚处理过的脚伤保持干燥。可是帐篷的主人毫不犹豫就摆手拒绝了。我又给了仓多一点零钱让他去买，然而，没想到的是这一举动竟然点燃了她更加厌烦的暴躁。这里虽地处偏远，但日用商品还没有短缺到那么紧张的程度，更何况我需要的只是她闲置在那里的两个塑料袋。我快速地在大脑中将自己进入帐篷之后的一系列活动仔细回放了一遍，我确定自己的表现应该也没什么不妥之处。帐篷主人激烈的情绪，是一个让我至今想起来都难以理解的谜；也是此行中在沿途休整的帐篷里，遭遇的唯一一次令人尴尬的脸色。暴躁的仓多更是青筋横突，龇牙咧嘴地直跺脚，竟然还气急败坏地朝着地上吐了一口唾沫。我不知道他们之间是怎么沟通的，但是仓多的粗野行为已经让我惊讶得无地自容。不敢再对视帐篷内的任何一个眼神，只好赶快收拾了自己的行李惶惶遁去。

唉！我总是不由自主地要因仓多的脾性而叹气。我甚至想撬开他的思想，看看那里面的世界，对我来说那应该是横亘在此岸与彼岸之间的另一片荒芜的高地。他频繁地挑动着我嗔怨的心魔，让我将自己的不清净归咎于他人。可是，率真的性情固然宝贵，但很多时候也会让人难堪，毕竟我们的进化过程里也还包含了宽容、谦恭一类的基因。再者说，上天也总会时不时设计一些异样的情节出来，让人类的文明离不开虚伪与含蓄。我亦不止一次地在自查与自责之后，承认自己在仓多的面前表现出太多的虚伪。

我还在不自觉地思索着：这一路上，仓多的那些在我看来与正常的世界观背道而驰的真性情，会不会也在影响着我朝圣之旅的纯度？！哎，我好像又中了狭隘与自私的毒！

今天是环湖游历的第七天，如果按照本地藏民们转湖的脚力标准，第八天就应该是圆满的日子。不得不承认我是个糊涂的行者，到目前为止，最大的困扰就是不知道自己走到了哪里，更无法判断距离目的地还有多远。没有地图和语言不通这两个因素相加，就等于无法定位自己走的是哪条路，翻过了哪些山，趟过了哪些河。当然，这也源于我之前没有做详细的功课之弊。

这一路所遇，凡是了解地貌行程的人都满口藏语，不知所云；好容易遇到一两个能说汉语的，又知之有限，比我清楚不了多少。但是按照天数和已经走过的里程来看，曙光似乎即将显现。平静的心绪里已经在起伏着轻微的变化，就连急躁也如期而至地感染着周身的细胞。所有的疲乏和虚弱都被隐瞒在浑身兴奋的劲头里，恨不能今天晚上就转回到那个起始的地方——扎西半岛。

（三）

再次看见纳木错湖的时候，天色已经在忽明忽暗的行云卷舒中快速地变化着。天边的乌云滚滚弥漫，有千军万马压境逼来之势。离环湖路不远的地方坐落着一户独立的人家，放眼望去，周遭目所能及的范围内仅此一户。这不是游牧的帐篷和简易房子，是土木块石结构的藏式民居，院子之外有固定的牛粪墙垒成的牛羊圈；在围栏外还搭了一个低矮的小木棚，里面蹲着一只棕熊般体态憨笨的藏獒，这在茫茫高原上应该算少有的大户人家了。很远就看到仓多已经伸直了脖子等在路边。时间还略有些早，我依然不想这么快就结束今天的行程，但这次他强行地将我拉了进去。

房屋的主人是一家三口，年老的藏族大叔大婶和一个二十多岁的小伙子。或许还有别的家庭成员，是我没有看到而已。本来以为年轻的藏族小伙肯定会一些汉语，但是和他沟通过后才发现我与他的契合程度还远不如和仓多来得顺畅。令我意外的是他的母亲还能听得懂一些汉语，只是说出来的味道有点隐隐约约加含糊不清。

待客的茶厅面积很大，像一个可以容纳十多个客人同时休息的茶馆，也可能这里本身就是一个没有外挂招牌的茶馆。这一路的荒凉与枯寂我是知道的，除了游走在草甸里的牧民之外就剩下稀稀拉拉的朝圣者了，基本上不会有其他客源。如果真是一家对外营业的茶馆的话，好在他们也没有额外的费用，否则就这地理环境，真是要把老本亏完的。他们的经营成本只有牛羊的乳汁和自己的笑容。我喝了两杯甜茶之后即收拾行装打算再朝前赶一程，仓多过来略显粗暴地拦住了我，指了指外面的天对我厉声地喝喊着：

“雨……雨……”

我也骄躁上火，用力地往开甩他的手，顺口就朝他喊了回去：

“外面就是下刀子，今天也得再往前赶一程。”

仓多冷冷地瞪着我，依旧死拽住我的衣服没有松手。

茶馆的大婶快步过来拉开了苍多，一手轻轻地按着我的肩膀让我坐在窗边的茶椅上。她指着窗外的乌云，睁圆了双眼，堆起满脸夸张的、吓唬孩童的那种皱纹来劝阻我，结结绊绊地说：

“大雨……雷……轰隆、轰隆……走不了……”

她看我没甚反应，只好在原本就生动无比的手势里增加了挥舞的力度，以形容情况危急的分量，表情更加丰富地说道：

“晚上……雨……很大……我这里……可以休息。”

事实上，从她可爱的表达中我已经觉察到那雨的来势，一定是倾盆或瓢泼一类的威猛。她的言语虽然模糊不清，但是那惟妙惟肖的面部表情和动作，已经将未来这场雨刻画得如灾难般惊险万分，让刚刚还和仓多横眉冷对的我，早已坐在那里忍俊不禁。只好装作恍然明白的样子，起身卸下行装冲她很听话地点头称是。

仓多此时坐在离我很远的地方，气呼呼地粗喘着，眼睛还在一瞪一瞪地盯着我。他的每一瞪里好像都含着一把雪亮的飞刀直嗖嗖地射过来，冷酷、决绝。我装作不去注意他，有意地压低了帽檐用来挡住他那双锋冷的眼神。直至茶馆的大叔给他端过去一盘大块的牦牛骨，他才收回了盘旋在我脸上的愤怒，撸起袖子，大把大口地埋首撕啃起来。他的餐刀在骨头上连敲带剐，时不时就会弄出“咔咔”的声音；似乎正在把对这个汉人所有的不满情绪，都发泄在盘中那冰冷的大骨头上。就连他耷拉在肉骨头上的眼皮也要偶尔再翻起来，用孩子气般嗔恨的目光狠狠地再朝我扫上几眼；也或许，在他眼里，这个招人厌烦的汉人已经附身在自己面前的肉盘子里了。

不过，我已经分不出多余的心情去照顾仓多的小情绪了。靠窗户的茶座，舒适得叫人当下就安宁自在得不得了。品一口热乎的甜茶，透过斑驳的玻璃窗就可遥情于远处已经风潮涌动的纳木错；或是幻游在漫天变化莫测的烟云之中。窗户玻璃上的几道裂痕将暴风雨的前奏分割在雪山、戈壁和湖水之间，同时也分割出高原风物们各自的性情。它们分别是：岿然不动、沙卷黑尘和波惊浪涌。难以置信，在这莽莽荒原上也能遇到如此诗意的窗口来供人休憩；去凝神，去遐思！

天色越来越暗，从深厚的黑云堆里打出几声直叫人心颤神摇的炸雷，吼开了暴风雨的序幕。屋内小节能灯亮起的刹那，窗外的世界就消失了；玻璃窗上开始放映起茶馆里忙碌或慵散的众生相。唯有偶尔经过的几道闪电提醒着人们，外面正在发生着什么。茶馆的大婶给我端来一碗藏面放在茶桌上，我转过头正要答谢时，只见她的手往窗外指了指，然后双脚原地踏步踩着调皮的节奏，阴阳怪气地学着我先前对待苍多的腔调说：

“外面就是……下刀子，也得……往前走……”

生涩的、散发着酥油茶味的汉语，可爱的表达方式传神地勾勒出一个天真活泼的藏族老太太。她正在向我传送着深入灵魂的亲切与温暖，我们之间已经没有陌生的距离。

她看我依旧愣在那里发呆，随之又像个顽皮的孩子一样拍手嬉笑起来，冲我扮着鬼脸，嘴里还在重复：

“下刀子，往前走……下刀子，往前走……”

已经顾不得为自己先前的无知和浮躁而羞赧了，赶紧站起来上前搂住她的肩膀，我们共同开心地大笑起来。此刻，我才明白：唯有天真才是这世间取之不竭的快乐之源。

茶馆的门和窗都成了暴风雨的播音器，外面的雷声和风雨一起咆哮着，拥挤在门窗上的每一个缝隙间；每一声突破式的爆发，都将屋内的人们推入高原上倾天倒海的音魂里。

在我们正打算休息的时候，环湖路上驶来一辆大越野车停在茶馆外面。从窗户玻璃上透进来汽车的灯光、撒泼的雨幕和一阵慌乱的人影浮动。不多时便从门口涌进来男女老少七八个藏民，量其行装，这又是一个家族式的朝拜团。在他们的面容上看不出丝毫的狼狈与疲乏，反而被外面的电闪雷鸣感染得热情洋溢。即使才从风雨中躲进茶馆，但还要一起挤在窗前看看窗外；一边连连喟叹这场雨的凶悍，一边相互整理着被暴雨侵袭过的凌乱。看来他们一行今夜也要借宿于此了。老天把这条朝圣大道上的人们都聚拢在这个茶馆里，可能也是冥冥之中大家的缘分吧。突来的热闹赶走了茶厅里所有的困意。大叔大婶一个忙活着重新往炉子里添加牛粪饼，一个招呼客人们就座，上茶。而我只能遗憾地用表情和笑容与这些朝着同一个方向前进的伙伴们打招呼了。

这种生动的场景几乎在每天的旅途中都有遇到，我却无法朝这一场接一场的生动里探寻进去，眼睁睁地任凭一幕幕饱含异域风情的动人故事从眼前游走。我们都将对方留在自己的故事里，虽然故事的内容仅限于一时的新奇和苦行路上的友善。语言的障碍阻止了深入的交流和了解，甚至连彼此之间可称呼的一个符号都无法留下。也有很多时候，即便留下了什么值得留存的记忆，可能在一场大雨过后就被冲刷为云烟散去，但虔诚的分量是不容淡忘的。

天堂地狱，世间冷暖，万物匆匆……皆熙熙攘攘游戏时空矣。系心一念之处，就已跨入因缘际会的模式，一切都止于“心无挂碍，方得自在圆融”；照见一个不执着于名相的、真实的世界，或许才是旅行的人们在雪域圣地上最深刻的领悟。

环湖散记

九、苍莽的底色

（一）

被暴风雨留在荒原茶馆的客人们，一整夜都在各自的梦乡里与高原上深远的天穹遥遥神交。电闪雷鸣把愚痴的人和黑夜的神经连接在一起，意识里的张弛不定伴随着即将到来的那个小圆满，万马嘶鸣般搅扰着他更深层的内境；半梦半醒中充满着狐疑：难道这就是我历辛劫苦而求得的自在吗？似睡非睡地翻来覆去，毫不掩饰地印证了凡夫与觉者之间的距离，已经无法用凡间的标尺去度量了。心心念念的郁郁忧思，无非不过繁华世间的攀缘妄想。最好的睡眠来自内心的安定，然而，降服散乱的心魔毕竟不是朝夕可就的功课。

值得庆幸的是，昏沉恍惚间所有的幻境全是圆满之后的光明未来。竟然没有如往常一样，因这一夜暴风雨的肆虐而担忧天亮之后行程里的艰难。这正是小胸怀人的日常生活中所缺乏的一种优秀品质。无论如何，美丽的幻想总是好过担忧的。

天亮了，风雨依然。茶馆的大婶已经将炉子烧得呼呼发威，满屋子飘浮着牛粪饼的温暖味道。舒适和惬意总会滋生懈怠，我给自己找了一个不可抗拒的偷懒理由：既然天意要留人，就不必再着急地强行出发，去经受风雨之苦了。还是坐在窗户旁边的老地方，就着一碗热茶，面朝湖水，观雨听风。这样的情景让人的思绪不由地又转回到被风雨堵在日月茶馆的时光里；那是和窗外匆匆行人及往来的车辆一样茫然的、一脸轻浮或焦虑。而眼前，相似的窗前和相同的温暖里，所有的过去以及浅陋的心高气傲，都在潜移默化中发生着变化。精神世界的成长让人的浮华趋于平淡；磨砺的终点兴许就是这样一颗安宁的平常心。

难得的平常心给人带来了好运，司雨的大神在突然之间就关上了汹涌天瀑的闸门，风雨声没有任何先兆就戛然而止了。这便是藏地的性格，就连这风雨，骨子里都不掺杂任何拖泥带水的基因。当然，这也意味着我的慵懒时光该结束了。

仓多应该是早已经厌烦了我这个既不受教诲，也不听劝阻，还时时暴躁上火的问题中年。我们的冷战从昨晚一直延续到今晨，直至出发时，他对我依旧保持着满脸不理不睬的高冷。临走了，我把他叫到门前，双手搂着他的肩膀语重心长地对他说：

“仓多，你要拥有纳木错湖一样宽博的胸怀，否则怎么能揽得住那么多美丽的姑娘！”说完又给他手里塞了两个巧克力。

沿着环湖路走出去很远再回头看时，仓多仍憨态可掬地站在茶馆的门前瞭望着我，不知所然。估计至今也没弄明白我对他说了什么，不过他肯定会想：有两颗巧克力垫底，应该不是什么不好的内容吧。

根据最近两天才累积起来的经验，雨后的湖边是不能轻易下去的。沿路的图景在陡峭的山崖、低矮的沙土墩、砂砾石和块石相杂满铺的风物中来回交替变换着，唯独少了些许代表着新鲜生命的绿色。好在整座高原都被老天狠狠地冲洗了一夜，偃息了黄尘弥漫的狂肆。在这片亘古的沧桑里育化出鲜有的润爽宜人，也使人的视野里充满了万象清新。我好像正行走在一部古老的相册里。在一张张发黄的旧照片上蹒跚着，思索着。每一颗砂砾石都被附上一段过往的岁月；没有文字的“典籍”往往能最直接地唤醒人的情怀，因为不必损耗精神纠思于言辞文赋，只需意态畅达足矣。虽步履艰辛，也要尽力让自己稳重沉着一些，我要迎合这贯通了古今的晨风。

每天近乎重复的行程里，总叫人避免不了在想象与忆念中来回地穿插互动。经文典藏里记述着：那些不请自来的尘影意识就是人世间万千烦恼的源头，而修行的意义正在于扫除妄念，放下万缘。但我还认为，人在念想中不独为过去，更离不了一份对美好未来期许的执着；当然，这也因拥着那万物之灵的智慧，才会被束缚于这份执着之上，亦是灵长智慧的悲哀。不过，对于我这样的凡夫俗子来说，那些很多不切实际的幻想，却是枯燥的行旅中时不时令我提神清脑的必需品，它甚至兼带刺激着我在苦难中坚持下去的神奇功效。

狭小的气度局限着人的思想，穿越了时空的回忆让人没有丝毫的抵抗力；一心沉湎于往事，那是盛满了寄情无处的怅惘。不能保证自己的记忆里存储了几分美好，总是有的。愈加美好的忆念会越发增添哀伤的分量，凡是可触及人性深层的回忆，往往少不了超出甜蜜的悲苦。有贤者说：明道容易忘情难；毕竟，普世的平常心都是限量供应的，烦恼与幸福旨在刹那分别已矣。如是佛菩萨眼中的慈悲喜舍，我们又能认同多少，践行几分呢？往世的温情反反复复在意识之中来回穿梭，那是一重接着一重不可抑制的眷恋，陪同我走在这片同样陈旧、苍莽的底色里。天荒地渺，孤单的灵魂被无限放大；旷野沧沧，思忆茫茫，无须言语的铺垫，山崖水涧里都遍布了卉木丛影。碧澄澄水天一色，风洒洒万化如寄；遥思四极，皦皦素怀终落于天际雪峰，才释放开身心一叶。

层层堆叠的乌云被迎面的风驱赶着向人的身后散去，阳光为高原大地唤回了清蓝的晴空和绿色的生机。蜿蜒的环湖路不知何时已经依偎到纳木错的身旁，起伏的湖水轻轻推涌着岩石；和风拂面，眼前出现了一块殊胜的风水宝地。

路边的山崖下隐藏着一大一小两个石洞，洞内气脉通畅，四面的岩壁上挂满了哈达和经幡，也挂满着往来众生的一份份恭敬。洞口正对着湖面，倚山怀水，占尽了此方修行圣迹中所有的得天独厚。已有两个年老的藏民正在洞口处五体投地呢喃叩拜。遂欣然上前搭礼请教，结果还是未出我的意料，热情的咿呀嘻哈过后终不知所云。不过，这也不影响他们给我示范着如何敬献哈达，如何围绕膜拜。最困扰我的问题是依旧不知此方为何地，此迹称何名，又有何处大德曾在此修行成就。纵然已知名相为虚，心中还是不免落下遗憾。从修行洞出来，又被他们指引着一直下到湖水边，蹲下来学着他们一起掬水濯面。这是我的双手第一次伸进了纳木错的湖水里。要知道，藏地的这些湖水是不可以随意亲近洗涤的，那每一汪清澈的湖水都是一位美丽圣女的化身，唯恐世间凡尘会玷污了她们的圣洁。只有在一些特定的区域，比如说眼前的这方宝地，才可供人取水饮用，借水清尘。

穿过棱角参差的岩石，就可以一直沿着靠近湖边的地方行走了。并非牧场的戈壁荒滩上也覆盖了一层稀疏的、毛茸茸的小草，这是因了身边纳木错的滋养，才在僵硬的砂砾石之间也能冒出这些柔软的生命。正如现实中那些冷漠的角落里，也总不乏会有相同于这些柔软的温情经过，及时地散发着一些纯洁的热度，不计得失地暖化着他们见不到阳光的冰冷。

我一直都在搜寻着，能最大限度地去贴近那条供养了这圣湖千万年的生命之源；即便她无形无迹，我亦能察觉到她的存在。劳形役体的环湖路上，早已枯涸了大自然最初的浩然之气；而徜徉在这池澹然的湖水身旁，人即可以毫无顾忌地抛开一切物性的羁绊，呼吸到那一味曾在梦幻中才相惜过的性灵。哦！水浸天穹，消长浮沉。周流的时光里泛起着荧荧熠熠，光影中的五颜六色是无穷不可数的渺小；是无限不可识的精魂；是忽生忽灭的如如不动；亦是吞吐着天地万象的渺渺太虚。超越那多姿多彩的瀚海时空，便是弹指间的一息一世。观前路，尘烟茫渺；浅回首，古今一念。

离湖岸不远的戈壁滩上躺着一只已经僵硬了的雄鹰，我正从它的身旁缓缓走过。乌铁般的勾喙上还残存着隐隐未灭的寒光，垂垂暮眼却已失尽平生的冷峻锋芒。一边翅膀平覆着半个身躯；另一边翅膀则紧紧地裹在身下，它们是英雄曾经叱咤九霄的战袍。

——鸷鸟不群，前世固然；生生世世都是传奇。不用费力去探究它遭遇了什么，我只看到它当下挣脱了一生羁旅的牵绊。阴云密布下，朔风掠过，沧桑而散乱的翎羽抖动出不尽的悲壮。

走出去很远，高原上又飘起了绵绵细雨。仰面迎着冰冷的雨丝，隐约发觉自己又错失了什么。被一股异常的力量接引着，毫不犹豫地调头一路奔跑，返回到它的身边。哦，真是两个“不群的灵魂”，不知经历了多少尘劫才修来的这一场相遇！深深地蹲在它的身边，像它的战友一样帮它摆正了身子，整理好它的战袍，努力地恢复着它昔日的威严。它的身下已经聚集了一群不知名的噬腐者，奢侈的小家伙们已把英雄的骸骨当成它们新的家园；不必去惊动它们，这是上天赐予它们最殊胜的恩典。暴尸荒野在藏地不是什么稀奇事，身体倒下的地方就如轮回过程里的一个祭坛；被噬腐的生灵们掏空肉身，可能是逝者此生在这个世界上进行的最后一次布施了。也算是灵魂升往天国的光明正途吧。这个处于高原食物链最顶端的英雄，它在生前也应是这祭坛上最神圣的祭师吧；无从想象，它的一生里又超度过多少亡灵，并接引着它们荣登天国！留下这最后的残躯，还在供养着戈壁滩上的另一个卑微的族群。我静静地祈祷着，祈愿那高贵的、自由的英魂可以因此功德而再次翱翔于九霄之上，得大自在！

我用附近的卵石和砂砾，在它的身躯上垒砌了一座玛尼堆。堆砌的过程里意识空虚，不是因为什么或所以如何。浩渺时空之内没有谁能独善其身，哪怕他是一块磐石，也终会迎来被时光剥蚀殆尽的那一天。涅槃并非寂灭，是一切有情对于生命维度的终极思考和体悟；那是生生不息的、唯大觉者们才得以参透的境界——澄明恒久，永不消亡的自性。

（二）

戈壁荒原上大半天的磨炼，精神依旧没能超越肉体的痛楚。脚后跟底下旧的血泡里面又打磨出新的血泡，深深地埋在皮肉里。先前穿刺放血的办法已经行不通了，每走一步都好似尝了一口赤脚踩到炭火上的燎辣。两只脚的十个指甲缝里也在不同程度地往出渗血，袜子已经粘在肉皮上，成为肉皮的一部分；即便是如此惨烈，也无法停下脚步去照顾它们。残留的知觉告诉我：现在身体上的任何一个细胞，只要它还没有传出麻木的信息，那所有的不适便与我无关了。我又忍不住幻想着：如果老天开眼能许我一个愿望，那就派来一个铁匠吧，只想他能为我的双脚打造一副坚实的马蹄铁。

老天出乎意料地听到了人的心愿，及时地给我派来了仓多。而仓多此时的出现似乎只带着惩罚的意图，他好像一个罚恶的使者；尽管我正在竭力地淘净自己生命里所携带的一切恶。仓多异常认真地将我从湖边唤回到环湖路上。在一片阴云与白煞煞的高原戈壁之间，原本沿着湖边就快走完的行程，被他强行硬拉回了头，让我将已经绕开的一条L形砂砾路又重新走了一遍。一瘸一拐地，在恍恍惚惚中，直到爬上了高高的柏油马路才看明白：这个蛮子硬是让我在高原旷野上，用自己的双脚画出了一个巨大的直角三角形，在一大片坚硬的砂砾石、高低的草甸子和松软的沙土地之间，辗转多绕出去好几公里。

仓多的确是个称职的“铁匠”，他也绝对是锻造人意志的一把好手，他磨尽了我体内躲藏在犄角旮旯的一切能量。我已经没有多余的力气再去发怒，唯有挺着满胸的苦楚站在高高的柏油路上仰天长嘘一声——凄飒飒兮老天老矣！

有柏油路的地方就有了信号，但是我的手机却早就停了电。饥渴交困地坐在马路边上，好久没看到这么多飞驰的车辆了，从浓烈的尾气里飘出的是熟悉的城市味。在四通八达的道路上，我已不知道接下来该怎么走了，更没有空闲的体力浪费在正途以外半步的多余上。想拦车问路，但努力了半天也没有一辆车肯停下。已经不敢想象自己的形象状态该有多么的糟糕了。一念嗔恨又将人从一路的和风细雨中打回了原形，此时最大的幸运应该是找不到仓多，否则真想拉开雷霆的架势，痛痛快快地和他干上一仗。

还好，没过多久他就骑着摩托车赶了过来。这小子似乎察觉到了气氛中的火药味，在离我不远的地方停下，朝我喊了一声，招了招手，然后独自调头而去。他和我保持着不远不近的距离，缓缓地溜达在前面，一直将我引到离柏油路不远的一个硕大的黑色帐篷内。这是一顶在内地旅游区常见的，那种外表挂着民族特色、里面却填满了城市商业氛围的大帐篷。有供表演用的舞台和巨大的音响设备，高高的顶棚上悬挂下来几排不锈钢和黑铁皮相组合的大筒灯；周围搭建着一些繁杂的电线管道和钢铁网架，让这个草甸子里的帐篷内充满了强烈的金属摇滚的气质。舞台下方摆满了用餐桌椅，相当于一个可以容纳好几十个人同时吃喝或观看表演的宴会厅。但是眼下空荡荡、冷清清，除了我再没有别的客人。仓多好像是这里的半个主人一样，已经坐在接待台旁边的沙发上，和几个豪迈且憨厚的中年藏民聊得热情无间。

我选择坐在离他们较远的沙发上，莫名其妙地拘谨起来。现代商业的气氛里除了冰冷什么都没有，往日山野牧民的小帐篷内，热腾腾的酥油茶在这里已然不复存在；朴实宽厚且好客的笑容，更成为一种我自己脑海里的记忆。大帐篷内的空气里弥漫着浓烈的催熟剂，让可爱稚朴的仓多瞬间成熟了许多，已经明显地感受到他对我的疏远和冷漠。我得自己起来找开水喝了。

“喂……你好，朋友，你要吃什么就自己过来点菜，我们这里什么饭菜都有。”其中一个体态臃肿的中年藏民用生硬的汉语朝我喊着。

我过去拿起菜单象征性地看了起来，他坐在旁边用那种见惯了大世面的目光瞥着我，不紧不慢地介绍着：

“你看，我这里有炒菜，有啤酒，还有牦牛肉……好吃的很多了。”

“给我一碗米饭，再炒个素白菜就好，别的不需要了，谢谢。”我小心轻声地点了饭菜之后，没敢和他对视，直接放下菜单回到自己的座位上。不知是有意还是无意，或许是在瞬间又想起了德吉央宗，我点了在央宗家吃过的相同的饭菜。

“你们这些从城市里来的人啊，就是不懂得放松自己，好容易出来一趟就是要吃好喝好玩好嘛。”他坐在那里和蔼且无奈地自言自语着。

我没有理会他的无奈，开始低头处理起自己的脚伤。艰难地脱下袜子后就有些后悔了，担心一会儿再如何穿回去。两只脚的指头都乌黑肿胀变了形。有脓血黏满了被磨破的肉皮处，将几个指头都腻在了一起，自己都觉得惨不忍睹到恶心的程度。但是行走过程里最让人苦不堪言的，并不是这些看起来样子惨烈的麻烦，而是脚跟底那些看不见的、目前无法缓解的、藏于皮肉深处的痛苦。

“喂……朋友！仓多要吃牦牛肉，喝啤酒，你不管吗？”那个和蔼的中年老板又在旁边的桌子上伸直了脖子冲我说着。

我抬头看了看他们几个人，所有的人好像排练过一样，清一色面无表情地盯着我。仓多亲热地坐在他们当中，俨然一个受了大委屈的大孩子，也用同样的面无表情盯着我看。我和仓多一起相处的这些天里，他吃荤，我吃素。因为语言的障碍，沿途的起居餐饮都是他帮我们安排，最后由我一并买单。今天我亲自点菜也是遭受到冷落后的无奈之举，所以只顾着给自己点了餐，而忽略了他的情绪，应该算是我无心的失礼。遂赶紧带着歉意回应道：“让仓多自己点啊，随便吃什么都可以。”

“仓多没钱呐，怎么办？”他笑眯眯地看着我说道。

“呵呵，仓多没钱我有啊，想吃什么喝什么都尽管上吧。”我有些慌乱地躲避着那些想要打抱不平的目光，强迫自己扯开嗓门笑出声来冲他们又喊了回去，然后继续低头伺候着自己的双脚。我需要拿出一副满不在乎的样子，以便尽快结束在这个大黑帐篷内的一切互动。

大帐篷的顶子很高，高得看不清是什么材质的骨架才撑得起这么巨大的一块黑毛毯。藏区草原上的黑帐篷都是先用黑牦牛的毛捻成线，再把牛毛线编织成一些厚厚的粗毛毯，然后根据帐篷的大小规模，将众多小块的毛毯拼接缝制在一起，用龙骨架子撑起来，就成为这么一顶厚实温暖的大帐篷。处理过脚伤之后，我仰面倚靠在茶椅的垫子上思忖着：在这顶帐篷上，当初该被捻进去了多少头黑牦牛的毛啊！

一个年老的藏族大叔给我端来了饭菜。尝了一口，米饭大概只有不到五成熟的样子，嚼在嘴里只比生米柔软了一些，应该是还没来得及由生进化到熟，就被盛进了我的碗里。不过，这样生熟状态的米饭应该是记忆里高原上传统的煮饭标准。菜倒是熟了个透，在低海拔地区也炒不到这么熟的程度；像刚从油锅里涮出来的一样，吃一口，满嘴油，瞬间就能将嘴巴里的旮旯缝隙都腻得严严实实。盐是真的放多了，苦的让人想不起盐本来的味道。我一时也无心去梳理这属于哪个地方上的饮食风格，只是觉得以自己目前的肠胃状态来说，实在没有挑战这顿大餐的信心。只好起身从自己的行囊里掏出泡面泡上，最起码这里的水是烧开的。

我又开始怀念起央宗，那个天使般的藏族姑娘。在那么荒凉的高海拔地区，她是怎么让大米饭成熟到令人口齿留香的程度，又是如何将一盘口味清淡的素炒白菜端到了我的面前？！她温柔的性情和善良的微笑，在苦寒的藏北高原上绽放出了最高贵的雪莲花。

眼前这顶气派的旅游大帐篷内，空气里既飘浮着高原上的倔强和自信，也隐隐约约掺和着一些不成熟的商业气息。想不起来我和仓多的这顿下午餐总共消费了多少钱，付账的时候也没有去详细核实我吃了什么、仓多喝了几瓶啤酒或吃了多少牛肉。只记得老板和我算账的时候，轻视地盯着放弃了他的饭菜而吃过自带泡面的我。他的额头上闪着亮渍渍的油光，高高地仰起连高原红都被遮盖了的黝黑的面孔，睁大着充满了不理解的眼神朝我叹息道：

“你既然来到西藏，来到纳木错……就应该放松地去用心感受我们藏族同胞的热情和我们的民族特色，而不是在那里无端地猜忌我们!”

其实，我也觉得自己有些过度紧张了。是啊，身处如此广阔纯净的高原之上，为何还要在自己的心中套上那副世俗的枷锁呢？这副枷锁已经在刹那间毁灭了我的那个纯真可爱的仓多，还有在这烈日山风下生活的世世代代的人们。我克制着自己，尽量不去和被我伤害了的那个“仓多”委屈的目光相遇并相识。我相信，此刻我在仓多的心里也开始逐渐陌生了起来。

用最快的速度自己收拾了行囊便匆匆离去。走在车来车往的柏油马路上，我苦苦地寻找着、思索着、反省着自己这几天的言行。一直想到脑子缺氧也没找出到底是什么原因，让仓多和我之间的关系发生了如此极端的变化。

怀揣了一腔难抑的悲伤，似乎就要失去了这个唯一的伙伴。尽管他陪我一起徒步的路程还没有超过一公里；尽管这期间我们之间也摩擦不断，但他依然是叫人不舍放下的最佳搭档。需要肯定的是如果没有他，就无法想象我现在会身处何地；是否还能带着如此犀利的清醒，去挑拣他身上的诸多不是。最令人难过之处在于：我们没有将两个男人的性情爆发在广袤的高原上，而是懦弱的将两份洒脱冷却在一个叫人难以接受的阴暗角落。郁郁不平的情绪更加重了人对柏油马路的厌倦，愈加怀念起湖边的草甸子、高原上的戈壁滩、铺满了砂砾石的环湖路，甚至包括那环湖路上的滚滚扬尘。

（三）

阴沉的乌云遮住了迷人的黄昏，直接拉下了夜的帷幕。分不清到底是黑夜提前了，还是无明遮盖了人的灵魂；没落的心绪掺和着疲乏袭扰，空荡荡的精神世界被蒙上一片无限的悲凄。

仓多终于还是没有抛弃这个令他憋屈了这么多天的伙伴，他始终等在前方的黑暗中。但我们彼此已经遗失了这些天辛苦建立起来的沟通方式，两个人都默默小心地维系着这段即将结束的机缘，也可能是都在以最大的限度容忍着这最后的一段旅程。他将我带到离柏油路较远的一个亮着灯的藏民家里，今天应该是我的环湖之旅中最后一次投宿于藏地人家。

家中只有一个差不多耳顺之年的老者和一个年轻的女儿。女孩会讲一点不太流利的汉语。他们似乎提前已经做好了被我们打扰的准备，我才卸下行李还没来得及喘口气，女孩就给我端来一碗热腾腾的藏面，上面还漂了几片新鲜的萝卜片。她看我惊愕的表情，笑着解释道：

“是他刚才过来让我们提前做好的……”她跟我说话的同

时用手指了一下仓多。

我感激地朝横躺在对面茶椅上的仓多颔首致谢，他也冲我点了点头。有一种说不清的难堪，正往来传递在俩人之间生疏的客气之中。我能感觉到仓多此时也和我同样的不自在。他的目光较下午的时候回暖了很多，也在有意无意地躲闪着，避免与我对视；他的强悍里也流露出了柔软的一面。

这是一个比较特别的藏族同胞家，异常的干净整洁。家具摆式、餐饭茶汤、起居饰物无一不在其独特的规矩之内。老人不会汉语，但他有清澈的神采就足够了。微笑着盘坐在客厅最里面的茶椅上，沉稳和自信的气场就以他为中心散发开来；从容的情态和温文尔雅的举止中，自然地流露出唯有良好的经学积淀才可具备的悠然与笃定。在我以往的记忆里，“儒雅”这样的词汇在身处牧区的藏族同胞身上，几乎没有用武之地，今天算是填补了我印象中的这一空白。门口的墙壁上贴着几幅现代的水彩风景画，画在劣质的绘图纸上。画面上没有科班教条出来的专业技巧，但是，满纸都洋溢着活生生的、无限自由的意境。画的内容里有巍峨的雪山、湛蓝的湖水、戈壁滩上云卷七彩的黄昏，还有草原、牛羊和白色帐篷上空安详的袅袅炊烟……

这是藏族同胞心目中的家园。

我一边欣赏一边回头向正在收拾碗筷的女孩问道：

“这些画都是你画的吗？”

她开心地笑着回答：“不是，是阿爸画的。”紧接着又补充说：

“不过我也会画，只是画的没有阿爸的好看。”

“那我可以看看你的作品吗？”我也笑着又问道。

她不好意思地看了我一眼没说话，拿了一个空盆转身离去。高原红的最大优势就在于可以将姑娘们的羞涩过渡到不留痕迹的自然之中。过了一会儿，她端了半盆清水进来对我说：

“这个给你洗脸，一会儿你就可以休息了。”

我没有再提画的事，她也离开了灶台，凑到老阿爸的身边和仓多聊了起来。

当我脱了鞋看到自己的脚伤时，狭窄的心胸又被注满了不解的委屈。终于还是忍不住让女孩帮我问问仓多：明知道我的脚伤很严重，为什么还要故意让我绕那么远的环湖路？

“因为那段湖边的草地里沼泽特别多，很容易陷进去。”她问过仓多之后回复我。

接着她又解释道：“他给你指的路是对的，这附近的草地，距离湖边越近就越容易陷进去，一般下过雨之后连牦牛都不敢过去。”

姑娘的回答让我脸颊的温度瞬间攀升，估计也映出了满面的高原红，羞愧得赶紧钻进了睡袋。

也许是连续经历了两个雨夜，没有风雨声的夜出奇安静，静得让人有点不适应。明天就是这趟旅程的终点了，心绪却如暴风雨般波澜激荡着，不知即将迎来的是短暂的结束还是别的什么；抑或是另一个全新的开始。而令我无法入睡的也不全是即将收获一个小圆满的兴奋，更多的是我和仓多在这趟旅途中所经历的点滴过往，一幕一幕像黏菌一样在心里蔓延开来。在那条灵魂觉醒的道途上，这些蔓延的黏菌既可覆盖天性里自带的澄明，亦可从中绽放出圣洁的莲花。尽管也是迟到的觉醒，终究还是理解了来自仓多对我的那些直接的、看似无理却含有最真诚最善意的教训。

不知什么时候又进入新的梦境，如彼清晰；一缕阳光正从梦的地方升起。

环湖散记

十、圆融的起点

（一）

不可想象，万物最初始的天真里曾是一个什么样的世界。在那个效法天地自然的时空里，或许每一类生命个体都足可成为现代文明顶礼膜拜的导师。他们智慧的源泉并非源自洋洋浩瀚的典籍，而是要么接受四季更迭的赐予；要么直接从峨峨高山或森森草木之间掘取。也更非开悟于泛黄的、布满虫洞的古老册页，它们是闪耀在银河日月之上永远保持着崭新的光芒与深远的智慧。他们思维清朗，目光旷远，无论零落何处，唯唯安系于心头上的澄明故土；他们淡然于客尘羁旅间的切切繁华——若朝露，似空花，或虚诞；是苦。他们也总会自远古传来疑惑不解的眼神：人们孜孜不倦地埋首于贪婪的漩涡里，有情的生命在抛除掉无节制的索取以外，到底还产生过一些什么样意义非凡的思考?

恣情的欢乐如无底的渊谷，吞噬了无比珍贵的时光，造作着人世间最廉价的流逝！与灵魂无关的拥有，源源不绝地衍生出空虚的放纵，浑搅着万物之灵心中一切神圣的思想性和创造性。从精神到躯体都在执迷不悟地、反复陷入那场令人浑浑噩噩的因缘际会里。于是，宗教的声音告诉我们：这都是前生往世时埋下的业根；轮回苦海里沾染的恶习，以至于结出了此生迷离错乱半生哀的报果。唉！往世不可追，来生无从待，不识眼前风景，又要哪生哪世才修得出一念清净的般若智慧？

因果，是让我思索了多年亦困惑了多年，也怀疑了多年的一个空泛的概念。它总是先挑动着人握紧怒火激昂的拳头，却又叫人找不到该爆发的地方。为何善良的枝头总会挂满了累累恶果？善与恶的归宿，太频繁地跳出了人们心底所期望的因果秩序；虔诚与坚守被埋葬在现实中最底层的土壤里，见不到希望，是月冷寒荒。无论遭遇多么不公平的福泽或苦难，那些因由都会被“圣人”们联系到连幻想都无法成立的几辈子之前。不管在福泽中安享着幸福，还是在苦难里挣扎的当下，留给我们的选择不外乎也只有两个：理所当然地接受；或在咒骂与嗔怨中无奈地忍受。我想表达的是：我需要为自己所有过去以及未来还会继续发出的抱怨声找到一个合理存在的空间。毕竟，人间烟火不能仅靠“圣人”们优雅的语录来延续，而是需要更多供养着“圣人”们的芸芸众生去碌碌耕耘。因此，市井陋巷里的怨天尤人或许更接地气，也更应该在彼此间相互理解和被宽容。

一生所造业，十世难消尽。佛陀为了消除往世旧业，都得忍受历经磨难和病痛的果报，况乎一介俗子？区区百年的生命旅程，旧业还未来得及消完，临走时还得再背上此生造作的新殃；携带了那么多累劫的因缘是非，眼一闭就想得个轻松大自在，又怎么可能？！每一次新生命的降生，都像是背负着一本看不清签字和画押的糊涂账，里面记载着前劫往世的所有善恶因缘。那该是多么沉重的一本账簿呢。债权人犹似无数无形的烙印，被深深地烙在新生的灵魂深处！活着的现实经验告诉我们，心灵上的负担要远远沉重过肩膀上的重担。在负债和偿还的时空之间翻滚往复，那便是没有尽头的轮回。我经常会不自觉地寻忆初始，那每一个新生命的哇哇哭号中，是不是也饱含了三世因缘里纠缠不清的哭诉：这造不尽的业哇……那还不清的债哇……

每每在绝望的发泄之后，无可奈何又会将人们重新拉回到理性的一面。放下那些因果概念是否存在科学性不说，最起码它是劝导人们从善去恶的一剂良药。圣人们还说过——若非如此，何以跳出那往世与来生的冤冤相报，去踏开勘破凡尘的菩提大道？因此，要肯定的一点是，命途里的阴晴与坎坷促使着人们须更加坚定地信守着因果轮回里的自然法则，真实不虚！

一个习惯的养成，在我们的生命里将要形成多么可怕的贯穿？它无时无刻不在左右着人们浮浮沉沉的命运。它的更可怕之处是还要被扩展到轮回的过程中，甚至被一直延续到没有尽头的生生世世。比如说，在缺乏正常沟通的这些日子里，我又收获了一个新的习惯：在偶尔遇到可以有效沟通的时候，依然习惯性地保持着那种反应迟钝的木讷。一直到转湖结束，才又突然想起，在这借宿的最后一夜里，面对一个会讲汉语的姑娘，我竟在懵懵然一片空白之中，又错过了向她请教困扰了我一路的问题——此处为何地?

（二）

天还没亮就出门了，半醒半睡的一夜里，不知道从哪里积蓄了一股什么样的神奇能量，让我还能保持这么高亢的精神势头。没有风的高原就没有空气的流动，犹如被捂在一块潮湿的棉被里；丝雨迷蒙，乌云压顶，令人窒息的天就要塌了下来。在雨雾的世界里摸索着行走，灵魂也在萎靡的范围之内乱撞。扎西半岛的影子像一只硕大的温巢横卧在一大片朦胧之外，我极力控制着自己的目光不被它牵引了去，因为它让我总觉得自己的行走是一种卖力的原地踏步。纤毫烟雨的深处水接天遥，隐隐冉冉。天地浑然一气如大自然拉下了禁幕；暝漠晦暗，没有了人间。

今天的行程应该很短，但急迫的心路却最为漫长。无法详细查询距离终点还有多少里程，准确地说我已经完全找不到自己的起点在哪里。就像这个世界上所有拥有着高等智慧的生命一样，走着走着就会遗忘了自己的始发地，这种遗忘应该算是那些高等族群在现实环境的影响下，所产生的化学反应吧。

当人的自我意识被现实境遇侵占时，是无法让自己沉寂于深刻或进入空灵的，精神上的亢奋终于还是输给了自己那不争气的双脚。坚硬的柏油马路上已经无法正常行走，黑灰色的路面就好像是一个可以让双腿和思想共同面临残废的智能平台。还有那些雨雾中来来往往的车辆，如一个个正晨练的垂垂老者在拘谨地散着步，拖沓得让人着急。有了这些叫人阴郁到苦不欲生的理由，即可赶紧将自己行进的路线转移到路基下的草甸子里。

和一路走过的高原牧区里天然纯净的绿色相比，脚下的这片草地，已经不知被谁糟蹋成一个烟青色的垃圾场。垃圾也有生命，但在绿色的生命面前它们即是非法的存在。草丛中落满着各种塑料制品、饮料盒子、碎裂的玻璃酒瓶以及一摊摊凝结到处的黑色油污。相较于这儿空气中令人掩鼻难忍的恶臭，过去几天在荒原上风卷沙尘里的喘息，应该属于健康天然的大畅快了。真要感谢这场雨，否则难以想象此地在干燥的日子里，那些飘扬漫天的白色污染，会不会如坟场里到处打转的魂幡冥纸一样，给人缭乱出满眼的悲凉？也多亏了我知道藏地不兴土葬，否则浸泡在凄凄阴雨里的这些片片煞白，一定也会埋葬了我本来就不甚强大的心脏。有一辆越野车碾压着水花儿从身边的路基上哗然而过，从车窗里先飘出一只白色的塑料袋，紧跟着又飞出一只彩色的饮料瓶子；那是从大都市里赶来旅行的“文明精英们”，他们在侵蚀大自然的“犯罪现场”留下了最直接的“物证”和“目击证人”。

万年苦寒中从未偃息的高原生命们，也和在雨地里穿行的苦行者一样，现实环境给予了他们共同的苟延残喘，大家都不得不在窘迫的境况下消磨着余生里的每一刻。但即便如此糟糕，也不要让自卑压抑了自己，最起码好过没心没肺地舒适在冰冷的智能大道上。而令我更加难过的是，途中还总要时不时遭遇河流或壕沟，意外地截断我的前路。每次为了爬上路基上的桥面，都得经历一场痛苦的大阵仗。皮肉之苦有时真的可以将人历尽艰辛才培植起来的一点清净搅得粉碎，信仰更是无迹可寻。《心经》上说：“照见五蕴皆空，度一切苦厄……”待切切行到实处时才明白，想要放空这具臭皮囊带来的苦厄，是多么的不易。肉体成为魔鬼在道途上设置的一条最直接且难以逾越的障碍，无怪乎非英雄豪杰不得成就大事矣。

不可否认的是，我有些想家了；这是精神上的无能唤发起对脆弱的妥协。往前追溯千万年，这也是流浪者们在无家可归的寒凉风雨中，最直接的寄情。而家的温暖对于有情生命来说，才是最极致的渴望。

起风了，雨也越来越大，将前进的步伐驱赶得愈加急切。高低不平的脚步声，结合着手杖与草丛中乱石片的碰撞声，重复有序地律动着：噔踏、嗒啦……噔踏、哐啦……这是一个正在凄风残雨中苦行的流浪者。脚上迈开着欢快的步伐；嘴里哼唱着自由的曲调，癫狂在一片风雨潇潇的绿色旷野上。扑面的雨浆冲刷着脸上填满了泥污的沟壑，无须再进行刻意的艺术雕琢，自在的生命里天然地杂糅了一段苦乐交织的节拍；嘶哑和忧郁、神秘和狂热都被揉碎在密集的雨林里，共同爆发在片片青石上，飞溅起一曲藏地高原上最最浓郁的“弗拉门戈”。残酷的境遇啊，只有你，才能使人流淌出如此高贵的血液；上帝也无法设计出这样的命运之途。噔踏、嗒啦……噔踏、哐啦……唯独在风雨中的抗争，才是所有流浪者的宿命。蔓草、泥泞、青石、骨骼、血肉，还有不屈的灵魂，共通着卑微，亦承当着伟大；这应是人与自然相和出的最悲壮的自由欢歌。

牙关已经咬酸了，但决不能松口；痛觉是那恶魔的刑具，松懈就是对生命意志的背叛，更意味着灵魂的破碎。我开始如饥似渴地贪恋着那些疼痛和被上天折磨的滋味，它们会让我迈出的每一步都跨越得坚实有力，尊严铿锵。哪怕扑倒在那些被野狗嚼尽了骨头都没有人知晓的壕沟里，我也要在最后的一刻，对着大自然里隐秘的生灵们留下我的誓言：

“屈服是永不见底的深渊；背负着恩典，人就活得没有尊严；为自由而诞生的乐章，才是奏响灵魂新的起点！”

远方的天空散开一层透着亮光的明黄。原本一片烟雨雾笼的混沌世界里，逐渐显现出清晰的天、地、湖水和雪山。绿色的草原上熠熠闪闪，那是被阳光串起来的万千雨珠，刹那间好似垂下了漫天金色的菩提子。有一道清晰的彩虹跨过扎西半岛，停留在目所能及的地平线上；巨型的七彩拱门之内投射出无数温暖的光芒，穿透了阴沉的乌云，洒下了一个全新的人世间。淅淅沥沥的滴答声还在耳旁继续着，这是风云变幻莫测的高原上，一个普通的雨天正在进行阴与晴的交接。交接还未完成，晶莹的细雨柔丝已经化作助燃的能量，含着无限的热情向前推动着激昂的生命。哦，切不可因激昂而失态，即便步履艰难也要让脚下的颠踱优雅且刚劲；眼中那不远不近的焦急，正是人与信仰之间难以跨越的距离。睁圆了双眼，紧紧看住彩虹那边的世界，那里就是通往爱和纯洁、安详与极乐的天门。

阳光总算挣脱了阴霾的遮挡，穿透了滚滚浪潮般的云海。彩虹和雨幕结伴褪去，在明澈的湖水里留下了一抹七彩的祥瑞。淡蓝色的天空下，萦绕着多么清新的空气。成群的流浪狗都停下了追逐嬉闹，挺起胸膛，拼命地吞吐着新世界里发芽的味道；我也学它们，仰首挺胸，将自己滋沐在这片刚刚穿过黑暗的光明里。

仓多适时地等在路边一顶帐篷门前。迈出了辽阔戈壁和草甸子的怀抱，这里的帐篷在人的眼中怎么也高大不起来，尽管它们从外表看着比较体面。本来想一鼓作气走到旅途起始的地方，但是又不愿意在这个圆满的日子里，引逗起仓多的不快。或许我们之间的缘分暂且就要止于今天，所以就老老实实顺着他的安排，随他走进了帐篷。

不得不说在这个帐篷内，呈现着这一路走来最糟糕的室内环境。掀开帘子进门之后，我是绕着满地的杂物和垃圾，三扭两拐才坐在苍多为我指定的位置上。人坐着的地方就是铺了一块破棉絮的硬床板，身后堆着一些网套外露的被褥。我的面前顶着一张破旧木工板搭起的简易桌子，上面摆了几个油腻腻的茶碗和一次性纸杯，旁边还晾着一摞没有洗过的碗筷；桌面的高度几乎要接近我的胸部，很显然，搭建这张桌子的人不懂生活。我拘谨地正襟危坐在那里，不敢有散淡的后仰或松弛的前倾，心理上作怪似的提防着，不容自己的身体触碰到任何可以倚靠的地方。直到仓多提来一只暖壶，我才回过神般地稍稍放松了一点，小心地解下自己的水杯倒上开水。那水面上浮了一层不纯洁的油花儿，我猜想，每一朵油花里一定都蕴含了至少三种以上的动物的基因。因为，那荡漾在水面上的小花儿都是灰色的。但是绝不能不喝。只好像品一杯陈年老酒那样慢慢地小口抿着；不为解渴，只是想做出一种不嫌弃的姿态。不知道自己为何一下子变得如此紧张。

这是一个四口之家，临近中年的藏族夫妇带着两个小孩。一时难以想象他们在这样的环境里是怎么活下去的。男主人会一点汉语，他告诉我说：自己在陕西和甘肃打过工。我装作没听清一样，没有顺着他的话茬接下去。一进门扑面而来的杂乱和怪异的气氛，让我在意识里已经筑起一道坚实的壁垒。这个帐篷内的所有声音，以及任何人的一举一动都被我不露痕迹地防范在这道壁垒之外。心里盘算着：只旁听，不深入参与任何话题地随声附和应付几句，就尽快离开这个比杂工棚还要糟糕的地方。我甚至又对仓多有些心生疑惑，我觉得自己被带到这里来不是为休息，而是在赎罪。

帐篷的男主人似乎已经看出了我的不安，他小心地靠过来，坐在我的旁边轻声说：

“你不要担心，我是仓多的亲哥哥。”

“噢，是这样啊。”我这才明白过来仓多非要带我进来的意思。

我又重新拾起他刚才的话题问道：“你在陕西哪里打过工啊？具体做什么？”

“陕西的咸阳，跟人家跑车。”他回答说。

“那你怎么又回西藏了？”我接着问。

他略微难堪地笑了笑说：“我赔了一些钱，就只好回来。”

我有些糊涂了，不明白打工能赔什么钱。但是为了避免这个话题被解释得太深，就装作恍然明白的样子，朝他点点头。他扬了扬眉头欲言又止，好像还要跟着说明什么，我赶紧重新找了个话题岔了开来：

“这里就是你的家吗？”

“对，这就是我的家。现在有老婆孩子，不能出去了，只好待在家里放牧。”他回答完我的新问题之后，似乎还在想继续完善前面的话题。不过，在他的眉眼间也有满足的幸福感来回流转着，一双粗糙的大手亲昵地抚摩在旁边小男孩的脑袋上。

我这才想起来，自己的旅程马上就要结束了，赶紧将包里的糖果拿出来给两个小孩子分享。

仓多还是标志性的大大咧咧，嘴里斜叼着香烟迷迷瞪瞪地半躺在旁边，喷吐着云雾。他的哥哥像猛然间想起了什么，立直了身子指了指仓多对我说：

“你知道吗？仓多的身上少了一样东西。”

我呆呆地看着他，解析着这句没头没脑的话，我在想自己是不是听错了。

“他给草原上的藏民捐了一个肾。”哥哥继续对我说道。

“啊？是真的吗？是卖了还是捐了？”我失声轻呼，惊讶的言语已经近乎失态。

“不是卖，没要钱。是送给那个人了。”他厌恶地看了我一眼说道。我失礼的问话好像引发了他的不快。

“在成都做的手术，你可以去查。”他又有些着急地继续向我做着详细的说明。

“哦，对不起！我不是不相信，只是感觉有点不可思议。”我赶忙向他摆手道歉。

他恢复了笑容，对我说没关系。然后又扭头和仓多用藏语快速地交流起来，应该是向仓多转述了一遍我们俩谈话的内容。

看着仓多，我的胸腔内开始上下翻滚，一时不能平静。他的形象在我心中瞬间高大了许多；就连他吐出的烟雾也不那么令人生厌了，好像在紫气蒸腾中盛开着一朵朵淡淡的青莲。我不由自主地对他说：

“这是真的吗？如果是真的，那你一定是个慈悲心肠的大菩萨转世!”

仓多怔怔地看着我。他的哥哥把我的疑问和肯定用藏语翻译给他，仓多听完后很认真地朝我点了点头。

接下来的气氛有些凝重，突然之间大家都默不作声。他们俩兄弟一口接一口竞赛般地拼命吸着烟；旁边两个小孩的嘴里来来回回地滤着糖果，一双大眼睛不时地朝我忽闪出甜甜的好奇；一个着装邋遢的藏族女子坐在门口的小木凳上，面无表情地看着外面，她的思想也跟着柏油路上的车来车往无序地穿梭着。她是孩子们的母亲。

从帐篷出来时，已经是日头当空，天完全放晴了。坦率地讲，我从心理上无法控制自己，不得不对仓多捐肾这个事保留着一点怀疑的成分。他毕竟还是一个有生活能力和收入的、体魄健硕的未婚青年男子。毫无因由地从自己完美的身体上，摘下一颗健康的器官，把它捐献给一个可能只是远亲，或同族，或朋友，抑或压根就不熟悉的人，这已然违反了人之天性。再者说，凭借我这双浑浊在俗世里多年的目光，暂时真的无法将一个狂野、纵情、放肆的仓多和那种大慈大悲、舍身大爱的奉献精神结合在一起。但这样的怀疑也只是基于一种理性的分析，它并不影响他身上诸多的一直令我欣赏并赞叹的优点。造物主的神奇之处，就在于他广布善泽的同时亦不灭绝一些恶的源头。心底在一念间生发的善恶矛盾与对抗，或许就是造就仓多真性情的因缘之所。令人欣慰的是，灵魂里慈悲喜舍的光芒，最终遮盖了他那些近乎调皮的随性习气。但愿他真是一个默默深藏的大菩萨，从内心来说，我愿意坚信这个纯真的藏民身上，所有的闪光点都是圣洁无瑕的。

我知道，自己又在拿现实社会里的价值眼光来衡量这份大爱的真伪了。尽管也厌恶着自己这种狭隘的不良习惯，但也会悄悄地原谅着自己，有谁又能在这个利益至上的时代里独善其身呢。

利益的车轮没有立场和方向，无情是它唯一的助燃剂；它只在得失之间选择自己是前进或后退，残酷地碾压着人世间正常的是非观。物欲当前的现实生活让人们除了违心接受、随波熏染之外，几乎没有别的选项。人之所以高贵于万物，皆因拥有着丰富的感情和智慧；但肆意泛滥的物质欲望，几乎就要毁灭一个时代里、包括亲情在内的一切情感体系。科技文明爆发的新世界，或许可以抵御一切自然灾害与祸乱。但人世间的未来，更需要的应该是一只可以拯救道德饥荒和利欲瘟疫的灵魂方舟！

不知我们的佛域圣地，还能否保持住最初的那一方净土，为天下苍生留出一片可供生根发芽，滋养慧命的清天福地。

（三）

雨后的纳木错，好像是刚从天河沐浴归来。愈加的秀美绝伦、澄澈明净。湖平面上抑抑扬扬地浮动着一道青蓝色的波线，将湖水的蓝、天的蓝和草甸子的蓝牵连在一起，荡漾出一个丰富、透亮、最具诱惑的蓝色天堂。有白色的水鸟们贴着这片蓝，流星般自由地滑翔着，偶尔也会成双合对地落入草甸子里惬意一会儿，浓密的草甸子就成为流星们深蓝色的归宿。湖岸边的牧人现在可是享福了，无须任何的付出，就可以直接投入面前这场神圣诱惑的怀抱。连同他们的牛羊，也全都披上了银絮般的盛装徜徉其间；它们已经顾不得鲜美的牧草了，都和自己的主人们一样，大口大口贪婪地呼吸着最清新的暖阳。一时间，这里成为天堂与人间曾经在最古老的时空里才发生过的，最率真的、大和睦的延伸。

趁着雨后阳光短暂的温柔，正好拽住面前这片丰满的蓝，我要闯入那星汉垂野的大和睦里。那里有人类最初始的家园——是洪荒太古，是万物混沌，是日月辰光，是旷野沃土，是母亲的怀抱。即便是踩在脚下的每一粒沙尘，在那渺渺虚空里，也总有一双眼睛是专为他而闪烁的，那闪烁里饱含着家对游子的盼念。如果人活着就是一场无数次的寻找，那么，毕生的、最伟大的寻找就应该是和那些闪烁的目光一样，不懈地求索下去；轮回往复的千辛万苦，只为在辽远空寂的茫茫星河里找到那片独为自己闪烁了经年的故土。

扎西半岛的经幡和哈达依旧在和煦的微风里轻柔地曼舞翩然。来自天南地北的人潮欢呼着，拥挤着，也赞叹着；他们供养了高原大地上的芸芸有情，也搅扰着浸润了藏民上千年的宁静。人们好奇地打量着这个刚刚从荒野中走出来的汉人。在坚硬的柏油路上，手杖和颠踱的脚步里踩出了更加响亮、强烈的节拍——噔踏、嗒啦……噔踏、哐啦……自由的节奏搭配着浑身的尘垢，让游客们的目光里充满着不解，更多了一些躲避不及的慌张。这怨不得善良的人们。我也知道，以自己现在的形象，无须装扮也能在城市的车船码头或地铁站口谋得一份不错的收入。面对这样的苦行者，唯有从藏民们的眼睛里才会满溢出一些异样的光芒，里面润含着随喜的欢乐。他们心中的世界，无一不是不可爱的；无一不是没有慈悲之心的；甚至连包括自己在内的所有众生，也无一不是在世的佛菩萨。他们维护自己的信仰甚于有形的生命，所以更愿意看到这份虔诚的苦旅圆满归来。

穿过车水马龙的旅游区，再次进入绿色的丘陵草甸之野。渐行渐清的湖水与人亲近了许多，远处的雪山也从似曾相识慢慢变得熟悉起来。流浪者脚下的节拍已经幽幽地隐去，归乡的情感正从心底悄然萌发，使人不由地放慢了脚步。应该是豁然明朗吗？我毫不怀疑地明白了自己即将迎来的是什么。那是一份不可表达、也无法言说的隐隐约约。我努力地回忆着，开始的那一天应该是哪一天？又是从哪里正式开启了对灵魂的救赎之旅？我沿着记忆里的那条足迹，缓缓地往前推；一直推，直至推入自己的心底深处。她轻轻地对我说——你终于还是回来了！如果还可以放得再彻底一些，空旷一些，这里即是对万物敬畏与虔诚的起点，一切般若智慧的起点，亦是十方世界里一切正等正觉的起点，更是人类不朽的家园，灵魂之上圆融的起点！

蓦然间，前方的绿色丘岭处，仓多正高高地站在那里，兴奋地挥舞着双手。哦，那是他在为我们获得了一次小小的圆满而欢欣地舞动；也是在为我们彼此的生命又迎来一次全新的启航而感动！